언제나
오직 나를 위해
사랑하는 사람들을 믿고
앞으로 나아가야 한다는 것.

2020년 12월
이서원

2인조

2인조

우리는 누구나 날 때부터 2인조다

이석원 산문

우리는 누구나 날 때부터 2인조다.
다른 누구도 아닌
나 자신과 잘 지내는 일이 왜 그렇게 힘들었을까.

1월   어느 리트리버의 일생

나는

1.

이십오 년 만에 다시 그곳을 찾는 나의 마음은 그리 덤덤하지만은 않았다. 나름대로 잘 버티며 살아왔다고 생각했는데 무엇이 잘못된 것일까. 새로 선택한 병원엘 처음 가기 전날. 육체적 통증이 있는 것도 아닌데 치과에 갈 때보다 더 긴장이 되었던 이유는 마음의 치료를 받을 땐 마취를 할 수 없기 때문이었을까.

목동에 있는 내 단골 치과는 마취제인 리도카인을 환자가 원하는 만큼 찔러주는 곳이다. 스케일링처럼 간단한 처치를 받을 때에도 전신마취하길 바라는 나처럼 극단적인 치과 공포증이 있는 사람에게 그곳은 얼마나 천국인지.

내가 원하는 것은 오직 고통의 실종이다. 치과에서, 아픈 건 괜찮은데 치료 기기 때문에 머리가 울리는 건 싫다든가, 귓가에 울리는 기분 나쁜 소리가 '제일' 힘들었다는 류의 말들을 나는 이해하지 못한다. 소리가 기분이 나쁜 게 어째서 몸이나 마음이 아픈 것보다 더 힘이 드는 일인지를.

나는 정말이지 오로지 아픈 게 싫다. 냄새나 울림 같은 것 따위는 아무래도 상관없다. 언젠가 병치레 끝에 상흔처럼 남은 얼굴의 기미를 지워보겠다고 강남의 한 피부과에 갔을 때였다. 눈에 용접공처럼 시커먼 고글을 쓰고선 내 얼굴에 푸른 광선을 쏘이던 의사는, 내가 거의 악 소리를 내며 괴로워하자 놀라며 말했다.

"어린아이도 참는 시술인데……"

그런 나였으므로 압도적으로 마취 주사를 아프지 않게 놓는 지금의 치과를 선택한 것에 만족했다. 과연 고장난 내 마음은 어떤 병원이 가장 안 아프게 치료를 해줄는지.

2.
고심 끝에 내가 선택한 곳은 모 대학병원 정신건강의학과. 자기도 이미 그곳을 다니고 있으면서 내게 추천을 해준 이는 셀럽들이 많이 다니는 곳이라는 뜬금없는 말을 덧붙였는데, 글쎄. 그게 무슨 상관인지는 모르겠으나 문득 그런 의문은 들었다. 나는 셀럽일까 아닐까. 당연히 아니지만 나란 사람의 처지가 조금 모호한 구석은 있다. 어디 가면 다 알아보는 유명한 사람은 아니지만 세상 아무도 모르는 사람은 또 아닌, 이상한 중간자적 존재랄까.

마음도 감기에 걸리듯 종종 아플 수 있으니 두통 몸살 치료하듯 그때그때 치료받고 회복할 수 있었다면 좋았을 텐데. 폐쇄병동에까지 입원하며 장기간 고통스럽게 치료를 받은 경험이 있던 나로서는 그곳에 다시 돌아가는 일을 그리 쉽게 여길 수는 없었나 보다.

진료 당일 아침. 오랜만에 가본 대학병원은 마치 호텔처럼 크고 쾌적해서, 공간 자체가 하나의 거대한 마취제 같았다. 고통과 두려움, 적막과 고독감 같은 질병을 다루는 공간 특유의 감정들이 건물이 주는 산뜻함에 가려져 보이지 않는 것만 같았다고 할까.

과연, 보이지 않는 것과 존재하지 않는 것은 얼마나 다를까.

*

2층 정신건강의학과를 찾아 접수를 하고 항목이 무척 많은 우울증 검사지에 일일이 기입을 한 후 자리에 앉아 내가 대면할 의사는 어떤 분일지 상상했다. 세월이 그렇게나 흘렀어도 난 일주일에 한 번 대학로에 있는 병원을 찾던 순간을 여즉 기억한다. 환자들로 복작거리는 다른 과에 비해 이상한 정적이 흐르던 그 복도를. 그곳에서 차례를 기다리다, 앞서 면담이 끝나 방을 나서는 다른 환자를 힐끗거리며 진료실에 들어가곤 했었다. 그러고는 검은 뿔테안경을 쓴 채 차분히 나를 응시하던 선생님에게 지난 한 주간 있었던 일들을 털어놓느라 감정이 극도로 복받쳐서는, 매번 탈진에 탈진을 거듭해 방을 나서던 기억들.

그러던 치료를 언젠가 중단하고 몇 년 뒤 우연히 시내 한 서점에서 선생님과 마주쳤을 때였다. 난 마치 옛 담임 선생님을 만난 것 같은 기분에 반가워 인사했지만 뜻밖에 선생님은 깜짝 놀라며 도망치듯 그 자리를 벗어나셨다. 왜지? 왜 저러시는 거지? 나는 선생님의 그러한 행동을 이해할 수 없었는데 훗날 다른 의사를 통해서야 그 이유를 알게 된다. 정신과 의사는 어떤 식으로든 진료실 밖에서 환자와 접촉 자체를 해서는 안 된다는 것을.

잠시 후, 담당 의사와 만나기 전 먼저 다른 분과 예비 면담이라는 걸 했다. 레지던트로 짐작되는 젊은 남자 의사가 따로 독방에서 내게 상세히 이것저것 사적인 것들을 물었다. 한순간에 생면부지의 타인에게 사생활이 낱낱이 드러나는 순간. 과연 이 정보들이 지켜질까? 안다. 내가 무슨 연예인도 아닌 만큼 이런 걱정은 할 필요가 없는 것일 테지. 허나 망상이란 이성으로 물리칠 수 있는 것이 아니기에, 나는 불쑥 고개를 쳐든 내 근거 박약한 불안감을 애써 누르며 면담에 집중하기 위해 노력했다.

꽤 긴 질문과 대답이 오간 후 그가 마지막으로 내게 자살 충동은 있느냐고 물었다. 나는 거의 평생이라고 대답했다. 그것은 사실이고 바로 어제까지도 그런 생각을 한 적이 있었지만, 난 그 때문에 병원엘 온 건 아니었다. 실제로 평소 우울감은 많지 않으며 죽고 싶다는 생각은 종종 하지만 그게 어떤 절박한 욕구라기보다는 그저 입에 달고 사는 말버릇 같은 것이거나 일종의 친구 같은 거라고나 할까. 나는 의사인 그가 보통 사람들은 얼핏 이해하기 어려울 이 말들을 이해할 수 있기를 바랐다. 왜냐하면 그는 의사니까.

나는 이유를 알 수 없는 가슴 두근거림과 그로 인해 동반하는 공포와 불안 같은 것 때문에 온 것이지 죽고 싶어서 온 게 아니었다. 나는 살고 싶어서, 그것도 잘 살고 싶어서 그곳을 찾은 거였다.

3.

면담을 마치고 돌아온 진료실 앞에는 간호사가 둘이 있었는데 한 사람은 초진 담당이었고 다른 한 사람은 재진 담당이었다. 정확한 속사정은 알 수 없었지만 어딘가 소속이 달라 보이는 두 사람 중, 초진 담당은 심할 만큼 친절했고 재진 담당인 다른 간호사는 놀랍도록 사무적이고도 차가웠다.

"병원은 서비스를(친절을) 파는 곳이 아니에요."

라며 내가 알던 어느 정신과 의사가 진저리를 치던 기억이 난다. 환자들이 조금만 자신이 불친절을 겪거나 무시당한다고 생각하면 얼마나들 쉽게 폭발을 하는지 수없이 겪은 끝에 생긴 일종의 노이로제였다.

시간이 얼마나 지났을까. 마침내 간호사로부터 내 이름이 불렸다. 나무로 된 문을 밀며 햇볕이 가득한 방으로 들어서자 중년의 남자 의사가 친근하게 내 이름을 부르더니 시선은 모니터에 고정한 채 뭔가를 계속 타이핑했다. 짧은 시간 안에 나와 내 증상에 대해 설명해야 했던 나는, 늘 그렇듯 정신을 바짝 차린 채 내가 얼마나 다른 환자들과는 다른 사람인지를 보여주려 애썼다.

"나는 당신의 말을 알아듣지 못하고 되묻느라 당신의 소중한 시간을 빼앗고, 먹으라는 약 먹지 않으며 지시에 따르지도 않는 그런 진상 환자들과는 차원이 다른 사람입니다. 난 몹시 예의바르고 눈치도 빨라서, 의사들이 진료 시간이 오버되거나 자신을 믿지 않는 환자들을 만났을 때 얼마나 힘들어하는지도 너무 잘 알지요. 그러니 아무 걱정 마시고 절 믿으세요."

나는 마치 그렇게 말하고 싶은 듯이, 어떻게든 상대를 안심시키지 않으면 견딜 수 없는 사람처럼 말했다. 당신에게 완벽하게 무해한 사람이라는 걸 보여주기 위해 내가 할 수 있는 모든 것을 하겠다는 듯이.

나는 좀 모자라서 그런지 어디 백화점에라도 가면 내가 팔아주는 입장이면서도 매장측의 눈치를 보는 타입이다. 조금 오래 골랐다 싶으면 미안해서 별로 마음에 들지도 않는 옷을 살 때가 있고, 식당에서는 혼자먹는 게 눈치보여 두 개를 시키는 일은 너무 많다. 그래야 내 마음이 편하기 때문에. 누군가에겐 이해가 가시 않는 일이겠지만 어딘가엔 나와같은 사람들이 꽤 있다는 것을 안다.

어느 리트리버의 일생

나는 천성적으로 나로 인해 다른 사람들이 즐거워하는 걸 좋아하기에 대중 앞에 서왔다. 그렇기에 반대로, 나는 나 때문에 누구한 사람이라도 불편해지는 상황이 생기는 것은 별로 좋아하지 않는다. 마치 누구와도 다투지 않는다는 리트리버*처럼. 문제는 이런 성향이 시도 때도 없이 발휘된다는 것인데, 그건 아파서 찾아간 의사 앞에서도 예외는 아니다. 첫 진료 후 병원을 갈 때마다 나는 환자인 나보다 의사의 기분을 맞춰주는 데 더 신경을 썼다. 객관적인 내 상태를 솔직히 말하기보다는 당신 덕분에 이렇게 좋아졌다며 익숙한 연기를 한 것이다. 누가 나 때문에 신경쓰고 실망하는 걸 보느니 차라리 연기를 해서라도 나로 인해 즐겁고 안심하는 모습을 보아야만 마음이 놓이는 내 오랜 습성 때문이었다.

그럭저럭 무사히 첫 진료를 마치고 저녁땐 아는 분과의 식사 약속이 있어 강남으로 건너갔다. 압구정동에서 둘이 초밥을 먹고 근처에 있는 어느 바로 자리를 옮겼는데 갑자기 티브이에서나 보던 유명한 스타일리스트가 합석을 하는 것이 아닌가. 아, 내일모레면 나이가 오십이나 되면서도 낯선 인물의 등장에 여지없이 굳어버리는 내 얼굴과 혀. 잠시 후, 나는 내가 그 즐거운 자리의 방해꾼이 되어 있다는 생각에 더이상의 뻘쭘함을 견디지 못한 채 도망치듯 그곳을 빠져나와 집으로 돌아갔다. 조금이라도 낯선 사람과 자리를 하게 되면 백이면 백 원래 그렇게 말이 없냐는 말만 귀에 딱지가 앉을 정도로 듣다가 늘 이렇게 중간에 혼자 빠져나오곤 하는 것이다.

늦은 시간. 드문드문 보이는 아파트 주차장의 빈자리를 찾아 차를 대고 엘리베이터에 올라 십사층 내 집으로 향했다. 긴 하루였다. 주방으로 가 우선 찬물 한 모금을 들이켠 후 식탁에 앉아서 멍하니 이제부터 복용해야 할 수북한 약봉지들을 바라보았다. 오래전, 나는 내가 정신의 치료 학교를 스스로 우등하게 마친 줄로만 알았다. 그런데 오늘 이렇게 오랜만에 마음의 병원엘 다녀오고 보니, 졸업은커녕 수료조차 하지 못했던 것이다. 나름대로 잘 버텨왔다고 생각했는데 왜 난 그 긴 세월을 돌아 끝내 제자리로 돌아오게 된 것일까.

생각이 거기까지 미치자 뭔가 기분도 가라앉고 피곤하기도 해서, 자려고 식탁 위를 치우려고 보니 약봉지를 둘 곳이 없다. 약을 종류별로 분류해서 넣어놓을 서랍이나 박스 같은 걸 준비하자고 한 지가 십 년은 된 것 같은데. 그 긴 세월 동안 결심은 실천되지 않았고 언제나 그렇듯 저 약들은 자기 자리를 갖지 못한 채로 대충 집 안을 떠돌다 끝내는 나와 숨바꼭질을 할 것이다. 그럼 또 그때마다 스스로에게 짜증을 내면서도 문제를 해결하지는 않고 언젠가 또 같은 상황이 반복되겠지.

　결심하고 실천하지 않고 또 깨닫지만 그래도 바뀌지 않는…… 반복해서 여러 번 깨닫는 것은 깨달음이 아니라고 책에 썼던 사람이 너(나) 아니었던가?

　이틀 전의 일이다. 언제나 눈치 없는 말로 내 속을 뒤집어놓는 것으로도 모자라 만난 후에까지 날 열받게 하는 어떤 후배를 만났는데, 그애보다 더 놀라운 건 나였다. 그 친구를 만나면 거의 항상 그런 기분을 느끼면서도 시간이 조금만 지나면 그 기억을 잊고선 다시 만나는 일을 무려 십 년이 넘게 반복해왔으니…… 진심, 최소한의 지능 지수를 갖춘 인간이라면 이게 가능한 일일까?

　그날, 나는 새벽까지 잠들지 못하며 그런 생각들을 했다. 이제

쉰을 앞둔 내 인생에는 뭔가 분명 문제가 있다고.

스트레스 때문에

처음 상태가 심상치 않음을 느꼈던 건 연초 드라마 〈스카이 캐슬〉의 12회차를 볼 즈음이었다. 여느 때처럼 김서형과 염정아가 예서(극중 염정아의 딸이자 김서형의 제자)의 교육 문제로 칼날처럼 대립을 하던 장면이었는데, 평소와 달리 긴장감을 즐기는 게 아니라 도무지 그 팽팽함을 감당해낼 수가 없는 거라. 이후 심호흡을 하고 따뜻한 물을 마시고 아무리 진정을 시키려 해보아도 심장의 쿵쾅거림은 멎지 않았고, 꼭 숨이 넘어갈 것만 같은 기분에 그 추운 새벽, 기어이 집밖으로 뛰쳐나가야만 했던 그날.

뭐지 이게? 말로만 듣던 공황장애가?

2017년에 오랫동안 해오던 음악을 그만두고 얼마 뒤, 원인 미상으로 근 일 년을 걷지 못했던 적이 있었다. 그러다 꾸준한 재활을 통해 조금씩 회복하는 듯했으나 이번에는 이듬해 연말에 새 책을 내면서 다시 커다란 스트레스 상황에 직면하게 되었다. 누가 내 이름만 불러도 불안해 죽을 것만 같았고 소화 기능이 멎어버린 듯한 위는 한 달을 죽만 먹어도 낫지를 않는 것이었다. 나는 이번에야말로 심각한 몸의 이상을 확신하며 정밀 종합검진을 받았으나 결과는 발이 그랬던 것처럼 역시나 이상 무.

나는 병원에서 내 나이치곤 비교적 깨끗한 종합검진 결과지를 받아들며 황당한 마음에 의사에게 물었다. 그럼 지금까지의 그 이해 못할 증상들은 다 뭐였던 거냐고. 어째서 걷지도 앉지도 못해 화장실도 기어가고 온몸에 수백 개의 작은 바늘로 찌르는 듯한 통증이 느껴지고 하루에도 몇 번씩, 그토록 사소한 스트레스에도 자지러질 듯 녹초가 되어버렸던 거냐고. 그랬더니 의사는 조심스레 신경성일 가능성을 이야기했다. 다른 원인을 모르겠을 때 흔히들 이런 진단들을 내리지만, 이렇게까지 검사를 했는데도 뚜렷한 게 없다면 달리 어떤 결론을 말하겠는가.

"아, 그러니까 스트레스 때문이라는 거죠? 그게 날 이렇게까지 망친 거군요."

그때부터 나는 내 모든 것들을 스캔해나갔다. 거의 비슷한 시기에 정신과 치료를 다시 시작한 것도 그 일환이었다. 증상은 갈수록 악화되어 나중에는 〈스카이 캐슬〉의 '캐' 자만 봐도 심장이 조여오는 느낌이어서, 한 번 내게 고통을 준 무언가는 그게 사람이 됐든 드라마가 됐든 그 어떤 무엇으로도 예전의 상태로 되돌릴 수 없었다. 내 생각에 그건 완벽한 정신병적 증상이었는데, 담당의는 내 이런 지경을 한마디로 두꺼비집이 내려간 상태라고 했다. 내 안의 무언가가 과열되다 끝내 임계점을 넘어버려서 뭔가 아주 중요한 게 작동을 멈춰버린 것이라며.

"그래서 그게 발로 갔을 때는 걷지를 못했던 거고, 지금은 머리로 온 것 같네요. 그게 뭔지는 정확히 모르겠지만."

일단 한계선을 넘고 나니 운동, 식사 조절 등 어떤 개인적인 노력도 듣지 않았다. 마치 스트레스에 대항하는 능력이란 게 마지막 한 방울까지 완전히 소실된 것만 같았다.

무엇이 나를 이렇게 만들었을까.
왜 나는 나를 이 지경이 되도록 내버려두었을까.

그리하여 이십오 년 만에 다시 마음의 치료를 하러 병원에 다녀온 뒤로, 난 나를 구원할 것은 단순히 의사와 약뿐만이 아니라고 생각했다. 내가 내 삶 전반을 돌아보고 고치고 정리하지 않으면 앞으로도 내내 힘든 시간을 보내게 될 거라는 예감이 들었던 것이다. 그저 한 개인의 비과학적 추정 따위가 아닌, 길고 꼼꼼한 의학적 탐색 끝에 내린 결론이었다. 그러므로 이 책은 생의 반환점을 넘긴 한 사람이 지나온 삶을 돌아보고 다가올 남은 생을 도모하기 위해 써내려간, 한 해 동안의 기록이라 해도 좋을 것이다.

나는 사고로 가까운 사람을 잃는 큰일을 겪지도 않았고
전 재산을 날리는 사기를 당하지도 않았지만

일상을 지배하는
스트레스와 걱정 불안 등에 지속적으로 노출됐고

가랑비에 옷이 젖듯 그렇게 지쳐가다가 어느 순간 몸안의 셔터가 덜컥
하고 내려갔다.

그 결과
몸의 신경이 교란되어
바늘로 온몸을 찌르는 듯한 통증에 여덟 달 동안 화장실조차 기어가야
했던 보행 장애, 쉼없는 불안과 공포 및 온갖 피부 트러블, 이유 없는
가슴 두근거림 등 끝이 없고 원인을 알 수 없는 증상에 시달렸다.

그 모든 증상들은

의학적인 어떤 검사로도 원인이 밝혀지지 않았기에

이제 나는 스스로 그걸 회복하려 한다.

살고 싶어서.

미움받는 연습

1.

살면서 어떤 결핍감이 느껴질 때, 저는 '지금 내가 행복하지 않은 이유들'을 적어봐요. 그렇게 하나하나 적어가다보면 내 감정의 정체가 드러나서, 공연히 그러는지 이유가 있어서 뭔가 해결을 시도할 수 있는 것인지를 구분할 수 있기 때문이죠.

나는 의사의 처방은 그것대로 따르면서, 나를 치료하고 회복하기 위한 나름의 노력을 병행하기 시작했어요. 우선은, 나는 어떨 때 주로 스트레스를 받는지, 나를 힘들게 하는 것들은 무엇이 있는지 적어가다보면 내 문제가 뭔지 드러나리라 생각했죠. 어차피 스트레스야 평생 받아온 것이니만큼 먼저 지금의 이 증상들이 발화하기 시작한 지점이 언제였나를 더듬어보았습니다.

　그건 역시 음악을 그만두던 2017년 무렵이 아닐까. 전 뮤지션이었지만 오랫동안 그 일을 그만두길 바라왔어요. 저는 좋아했던 음악이 일이 되어버린 상황이 괴로웠고, 그게 내 음악 듣는 즐거움을 영영 빼앗아가버렸다는 걸 알았을 때 더는 그 일과 잘 지낼 수 없었죠. 그래서 조금이라도 다른 일을 할 건수가 생기면 아무 거리낌없이 그 일을 시작하곤 했어요. 와인도 팔고, 책도 내면서. 제게 음악이란 건 언제든 그만둘 수 있는 일이었으니까요. 그런데 다시 돌아가게 되더라고요. 때로는 돈 때문에, 때로는 나 자신을 담아내지 못하면 견딜 수 없는 상황이 생겨서……. 그렇게 긴 세월 난리를 볶다 끝내는 진짜로 그만두었지만 별로 달라지는 건 없었죠. 티브이에서 밴드가 연주하는 장면이 나올 때면 채널을 돌렸어요. '너는 저 일을 성공적으로 마치지 못하고 스스로 중도 하차한 패배자야' 하는 후회와 자책감이 늘 저를 때렸습니다.

　어쨌거나 시간은 흘렀고 이제 음악을 관뒀으니 남은 한 가지 일을 해야 하는데 이게 또 여의치가 않더군요. 저는 이제라도 하고 싶은 일을 하며 살고 싶은 마음에 음악을 관둔 거였는데, 그러고서야 안 거예요. 내겐 음악과 글이 서로에게 출구와 도피처가 되어주었었다는 걸.

음악을 만들다 힘이 들면 글을 쓰고 책을 만들다 여의치가 않으면 음악으로 가면서, 나는 그 두 일이 내게 그런 긍정적인 역할을 했는지, 녀석들이 그런 사이좋은 관계였는지를 하나를 떠나보내고서야 안 거죠. 그러니까, 전에 글을 쓸 땐 언제든 힘들어지면 잠시 가서 있을 곳이 있었는데 이젠 그런 게 없다보니까, 이젠 글이 유일한 것이 되어 죽이 되든 밥이 되든 그걸로만 승부를 보아야 하는 딱 그 상황이 되니까 쓰기가 싫어지더라고요. 황당했죠. 그 난리를 치고 그 욕을 먹어가며 음악을 관뒀는데 이제 일로써의 글쓰기가 똑같은 표정으로 저를 노려보고 있었으니까요.

2.

이것들이 2017년 한 해 동안의 이야기이고 그 직후부터 저는 걸을 수가 없게 되었어요. 족저근막염 그런 것 아니었고 엠알아이나 신경전도 검사 등 어떤 것으로도 이상이 발견되지 않았죠. 그러다 몸이 조금씩 회복되면서 이듬해 새 책이 완성됐어요. 11월 초쯤, 신작이 나온다고 알리니 사람들의 반응이 나쁘지 않더군요. 이제 다시 걷기도 시작했겠다, 모든 게 잘될 일만 남은 줄 알았죠. 정말로 쭉 그렇게 스토리가 갔으면 보행 장애라는 나름의 고난을 이겨내고 마침내 행복을 되찾은 참 훈훈한 결말로 마무리가 지어질 수 있었을 텐데. 아시잖아요. 삶이라는 게 사람을 마냥 행복 극장에 놔두지는 않는다는 거.

출간 직후 반짝하던 책의 판매고가 곧 내리막길을 걷더군요. 담담하게 받아들일 수가 없었어요. 이제 이게 유일한 밥벌이인 만큼 결과가 신통치 않으면 여러모로 핀치에 몰리게 되는 상황인 건 맞았지만, 그래도 좀더 성숙하고 여유 있게 상황에 대처하길 바랐는데. 한없이 가라앉는 내 자신을 통제할 길이 없더군요. 일단 멘탈이 무너지고 나니까 독자들을 대하는 일도 감정노동이 되더라고요. 저는 방송 출연도 하지 않고 남들이 하는 소위 홍보란 것도 잘 하지 않으니, 믿을 것은 오로지 저 사람들밖엔 없는데. 저들이 내 은인이고 내 생사여탈권이 저들에게 있는데. 그러다 그 일이 터진 거예요.

미움받는 연습 2

1.

때는 2018년 11월. 네번째 책을 막 내고 서점에서 사인회를 가졌는데 생각보다 사람들이 많이 왔어요. 여러 분들이 기다리기만 하다 사인도 받지 못한 채 돌아가는 일이 벌어지게 됐죠. 가뜩이나 남이 나 때문에 피해보는 걸 질색하는 저는 몹시 민감한 상태가 되어서 그 일을 수습하는 데 그해의 남은 날들을 거진 쓰다시피 했어요. 당일 오신 분들의 연락처를 모두 확보해서 일일이 사과드리고 보상조로 사은품을 따로 직접 만들어서 배송하고 사인회 여러 번 다시 열고 거듭해서 사과문을 쓰느라 한 달이 갔죠. 사건은 그 모든 일을 마친 후 불거졌어요.

한 독자가 사은품을 못 받았다면서 제 블로그를 통해 연락을 해왔는데 화가 많이 나 계셨어요. 이분이 화가 난 이유는 단지 사은품을 받지 못해서가 아니라 남들은 다 받았는데 자신만이 받지를 못한 거라고, 다시 말해 본인에게만 보내주질 않은 거라 믿고 있었기 때문이었죠. 그래서 제가 그럴 리가 있느냐 다시 확인을 해보겠다고 말씀을 드렸는데도 그분의 마음은 누그러지지 않았고 급기야 제게 해서는 안 될 말까지 하시게 되었죠.

모르겠어요. 원래 좀 마음이 급하거나 예민한 분이라고 이해를 할 수도 있었을 거예요. 아니 그랬으면 제일 좋았겠죠. 그렇지만 한 달 동안 그 많은 이들을 만족시키려 이미 마음이 너무 쇠약해져버린 저는, 그 감정 섞인 말을 아무렇지 않은 듯 지나칠 수는 없었어요. 무엇 때문에 어느 한 분만 선물을 안 보내드리겠어요. 하지만 저는 늘 그랬듯 그분에게도 그냥 평소처럼 '독자님 죄송합니다. 조금만 기다려주시면 다시 보내드리겠습니다' 했어요. 그러고는 어쩐지 그런 내가 싫어서 며칠을 앓았죠.

제가 임계점을 넘었다면 아마 그때였을 거예요. 평소와 달리 아무 일도 아닌 것처럼 넘어갈 수가 없을 것만 같은데, 내 마음이야 어떻든 나를 찾아준 모든 사람들을 단 한 명의 예외도 없이 만족시키고 싶었던 저는, 끝내 그 이룰 수 없는 소원을 이루려 마지막 순간에 거짓 사과를 하고 만 거죠.

그렇지만 한편으로 그건 제게 익숙한 일이기도 했어요.

그런 거짓말을 하는 순간. 독자가 손님이 되는 슬픈 상황 같은
것들.

2.

행여라도, 누굴 탓하거나 잘잘못을 가리고 싶은 건 전혀 아니
에요. 택배사에 확인한 바로는 분명히 배송이 되었다고 하는데,
어떤 이유에서건 그분이 받지 못했다면 충분히 화가 날 수 있는
일이니까요. 다만 제가 얘기하고 싶은 건 내가 내 감정을 가장한
채 무조건 제 탓입니다 해온 지가 너무 오래되고 많았다는 거예
요. 솔직할 수 없었던 것이 쌓여 그만 마음에 병이 나고 만 거죠.
제게 독자란 어떤 존재일까요. 은인이죠. 나를 먹여 살려주고 계
속해서 글을 쓸 수 있게 해주는 은인. 그래서였을까. 독자님 제가
실수했을 수는 있지만 너무 과한 말씀 같습니다, 라고 하기가 그
렇게나 힘이 들었나봐요. 그 한마디했다고 사람들이 내 책에 불을
지르며 화형식을 하거나 다시는 보아주지 않을 것도 아닌데. 아무
도 그러지 않을 건데. 사인회 내내 날 넘치도록 이해해주고 지지
해주던 구백구십 명의 호의는 생각이 나지 않고, 내게 부정적인

기운을 전해준 한두 사람의 말만이 비수처럼 날아와 가슴에 아프게 박혀 사라지지 않았죠.

남들이 믿든 안 믿든, 저는 가능한 많은 이들에게 잘해야 한다는 생각으로 살아왔어요. 남이 나 때문에 실망하거나 불편해하는 일이 없도록 조심하고 필요하면 연기까지 하면서요. 저는 그런 내 행동을 거짓이라 생각조차 하지 않았기 때문에 얼마든지 할 수 있었어요. 왜냐하면 전 그걸 '예의'로 인식했으니까. 잠깐의 연기로 나나 상대나 어느 쪽도 상처받지 않고 평화가 유지될 수 있다면, 설령 거짓이라 해도 문제될 것이 없었죠.

그런데 문제가 됐나봐요. 그 대가로 마음이 이렇게나 힘들어졌으니.

며칠 후. 제가 혼자 가슴앓이 하고 있던 그때, 그분이 다시 블로그에 와서는 새 글을 남겼어요.

정말 죄송하다고. 동생이 물건을 받아서 자기 방에 두고 어딜 가버리는 바람에 그 사실을 알지 못했다고.

그리고 그분은 덧붙이셨죠.

주소를 알려주면 사과의 뜻으로 선물을 보내고 싶다고. 자기가 조금 심했던 것 같다고.

그때 그 일은 저로 하여금 정말 많은 생각을 하게 했어요. 저는 이번만큼은 아무 일도 없었던 것처럼 아 그러셨냐, 다행이다. 선물은 이리로 보내주시면 감사히 받겠다, 고 할 수가 없었기 때문에. 하지만 저는 끝내 솔직하게 답을 하지 못했고 그때 알았죠. 내가 독자들을 두려워하고 있구나. 그렇게 의지하고 고마워하던 사람들을.

저는 그 모든 일들이 힘겨워 며칠을 끙끙 앓다가 더는 상황을 이렇게 두어서는 안 되겠다는 생각에 마침내 용기를 내었습니다. 그건, 저로서는 처음 있는 일이었어요. 누군가에게 예의라는 이름으로 정해진 답변을 하는 것이 아닌 제 솔직한 심경을 밝혔던 건.

3.
그랬더니 어떻게 됐냐구요?

거듭 말씀드리지만 저는 제가 잘했다거나 누구의 잘잘못을 가리고자 하는 게 아니에요. 다만 무엇이 진짜 예의이고 상대에 대한 존중인지에 대해 말하고 싶을 뿐. 적어도 그분은 자신의 얘기를 했지만 저는 전혀 그러질 못했죠. 그래서 제가 이번에야말로 솔직한 저의 심정을 이야기했을 때―물건을 받으셨다니 다행이지만 정말 죄송하게도 선물은 받을 수 없을 것 같다고―그때 그분은 저를 독자의 사과를 거절하는 속 좁은 작가쯤으로 생각했을지는 모르겠으나, 난 내 어떤 무엇으로도 나아지지 않던 상태가 그날을 기점으로 조금씩 호전되기 시작했다는 것을 시간이 한참 지난 후에야 알게 됩니다. 그건, 내가 미움받기를 두려워하지 않고 낸 최초의 용기가 준 선물이었어요. 독자뿐만이 아니라 어느 누구에게도 그런 솔직한 얘기, 특히나 거절 같은 것 잘 해본 적이 없었거든요.

그 모든 일은 십 년간 꾸려온 제 블로그에서 벌어졌어요. 저는 그곳에서 독자들과 꽤 가까이서 소통을 하는 편인데, 여러 사람들이 오가는 공간이니만큼 이런저런 일들이 생길 때면 전 무슨 일이든 일단 회피를 하거나 다 제 잘못입니다 하며 지내왔어요. 아니면 달리 어떻게 할 수 있을까, 하는 생각이었죠.

그곳에서 썼던 글만 해도 그래요. 저는 그곳에서 지나치게 예의 발랐고 아무도 불편해하지 않을 글만 쓰려 했어요. 저는 그 역시 독자들에 대한 예의라고 생각해서 한 일이었지만 그건 예의가 아니라 글을 죽이는 일이 될 수도 있다는 사실을 몰랐던 거예요.

거짓말은 아니지만 그렇다고 살아 있지도 않은 어떤 것.

그렇게, 밖에서는 원고 청탁을 받지 않는 저의 유일한 지면이 자 십 년간 독자들과 소통해온 소중한 곳이 두려움과 스트레스 거리가 되어버렸음을 알았을 때, 저는 결심했어요. 블로그 문을 닫는 대신 좀더 솔직해지자고. 그때부터 그동안 올리기 꺼리던 다소 논쟁적인 주제의 글도 쓰면서 사람들에게 좀더 내가 하고 싶은 얘기, 내 솔직한 견해들을 피력하기 시작했어요. 가령 저는 드라마 〈스카이 캐슬〉을 보면서 극중 한 캐릭터에 동의하기가 어려웠는데, 전 같았으면 내 글 안에서 캐슬의 모든 주인공들은 아마 동등하게 점수를 받았을 거예요. 그곳(블로그)에서 전 아무에게도 반대표를 얻거나, 미움을 받으면 안 됐으니까. 그러나 그때 그 일이 있은 뒤로는 누군가 불편해할 걸 알면서도 내 생각을 솔직하게 밝히기 시작했어요. 많이들 옳다고 지지하는 어떤 배우가 맡은 역할에 나는 동의하기가 어렵다고.

그뒤로, 블로그에서의 내 바뀐 모습에 가끔은 독자들의 이런저런 항의가 오기도 했지만 그럴 때마다 전 오히려 그들의 불편함이 반가웠어요. '신중해야 한다'는 명목으로 아무도 불편하지 않을 글을 쓰는 일은, 작가로서 가능하지도 않고 해서도 안 되는 일이었으니까요. (인간으로서도 그렇겠지요.) 그렇게 저는 미움받는 연습을 조금씩 해나갔고 그게 내 스스로 내린 첫번째 처방이었습니다.

누군가를 두려워하는 것과 존중하는 것은 다르다는 것.
그 어떤 순간에도 '나'보다 중요한 것은 있을 수 없다는 것.

비록 그게 가족이나 다른 어떤 중요한 존재라 할지라도.

저는 그렇게 다시 건강해지고 남은 생을 잘 살기 위한 내 삶의
매뉴얼의 첫 장을 써내려갔어요.

그게 내 치료이자 회복의 시작이었죠.

중요한 건 누구에게나 좋은 사람이 되는 게 아니었어요. 나는 존중받을 권리가 있는 사람이고 때로 그 존중은 스스로가 이끌어내야 하는데, 그러기 위한 가장 좋은 방법은 바로 '노'를 할 줄 알아야 한다는 것. 미움받는 것을 두려워하면 어떤 존중도 받을 수 없다는 것을 알았죠. 어쩌면 진작부터 알았지만 이제 와서야 비로소 실천을 할 수 있었는지도 모르죠. 태어난 지 사십팔 년 만에.

내게도 좋은 습관이란 게 있었다.
아주 어릴 적부터 어른이 된 지금까지
거의 하루도 빼놓지 않고 일기를 써온 것.

2월　이게 인간인가?

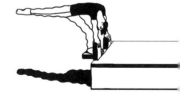

5일

낮에 주문한 택배가 와서 박스를 뜯으려 커터 칼을 찾는데 아무리 해도 찾을 수가 없었다. 살면서 이런 일들을 몇 번이나 겪어봤을까. 백 번? 이백 번? 저녁땐 마트에 가서 면도날을 사려는데 무려 이십 년 넘게 써온 면도기가 질레트인지 쉬크 울트라인지가 살 때마다 생각이 나지 않더니 오늘도 그랬다.

이게 인간인가?

말했었다. 문제가 반복되고 있다고. 이제는 이런 상황에 처할 때면 이 모든 게 어질러진 내 삶 때문인 것만 같아 마음이 두 배로 괴롭다.

정리해야 한다. 삶의 가능한 모든 것들을. 더이상 이런 일들이 인생을 엉망으로 만들도록 내버려두지 않으려면.

7일

이 모든 사슬을 끊기 위해 매일 아침 그날의 할일을 적고 일일이 지워나가면서 미루지 않고 하기로 했다. 같은 문제가 반복되는 것을 막기 위해 오랫동안 팽개쳐두었던 매뉴얼도 다시 구축하기로 했다. 단순히 건강 상태의 회복만이 아닌 앞으로의 생을 잘 살기 위한 내 삶의 총체적 지침을 마련해야 한다. 우선 분야별로 검색이 용이하도록 한 포털에 공간을 마련한 뒤 가장 먼저 이렇게 적었다.

'내가 쓰는 면도기는 질레트의 마하3 터보. 다시 마트에 가서 한 번만 더 그 이름을 헷갈리면 넌 인간이 아니'라고.

11일

병원을 다녀왔다. 오늘로써 두번째. 현재 내가 가장 고통스럽고 벗어나고 싶은 증상은 가슴 두근거림이다. 그게 이유가 있을 때도 있고(어떤 자극에 의해 시작되거나) 아무 이유 없이, 단지 식사를 시작했을 뿐인데 덩달아 가슴이 뛰기 시작할 때도 많은데, 일단 뛰기 시작하면 그때의 기분을 뭐라고 설명해야 할지 모르겠다. 불안하고 두렵고 고통스럽다. 머리가 물에 반쯤(만) 잠겨 꼭 질식할 듯 호흡이 가빠지는 기분이랄까.

13일

나는 세상에 내가 만든 무언가를 던져놓고 사람들의 인정과 평가를 얻어야만 살 수 있는 사람. 2017년에 발표했던 마지막 앨범의 성적이 그리 좋지 않았고 그뒤에 낸 네번째 책도 연달아 그러해서 지금은 꽤 깊은 무기력함에 빠져 있다. 자신감의 상실이랄까.

문득 세상으로부터 버려졌다거나 더이상 쓸모가 없는 존재라고 느껴질 때, 다른 사람들은 어떤 방법을 쓸까.

*

스물두 해 전 우리나라에 아이엠에프 사태가 닥쳤을 때, 나는 친구들과 함께 직접 차린 잡지사를 운영하고 있었다. 창간 두 달 만에 나라가 망하는 벼락이 떨어지자 직원들은 뿔뿔이 흩어지고 사무실에는 이런저런 일들을 돕던 형과 나만 둘이 남게 되었다. 그때 우리 두 사람은 일도 없으면서 매일 출근을 했는데, 형은 이럴 때일수록 할 수 있는 일, 해야 하는 일을 잘해야 한다며 인적이 없어 더러워질 일도 없는 사무실을 종일 쓸고 닦으며 하루를 보내곤 하셨다. 주인도 없는 책상에 그날의 신문들을 가지런히 올려놓으면서 말이다. 그때, 마치 자기계발서에 나오는 미담 섞인 성공 사례의 주인공처럼 행동하는 형을 보면서, 나는 다 소용없는 짓이라고 속으로 비웃었었는데.

언제부턴가 요즘처럼 아무것도 할 수 없을 것만 같고 뭐든 하기가 싫어질 때면 꼭 주문처럼 이십 년 전 그때 형의 모습을 떠올린다. 그러면서 납덩이 같은 귀찮음과 무기력함을 가까스로 물리치며 오늘, 지금 내가 할 수 있는 것들을 한다. 청소, 설거지, 고무장갑 라지 사이즈로 사 오기 등등. 아무리 사소한 것이라도 노트에 적어놓고는 그날 해야 할 일들을 하나하나 지워가며 하다보면 희한하게도 또 그다음 일을 할 수 있는 힘이 생긴다. 적어도 내가 밥만 축내는 밥벌레는 아니라는 사실이 상기되면서.

그렇게 아무리 작은 것이라도 내가 할 수 있는 일이 있고 그것들을 해나가며 또 그다음 일을 하다보면 결국엔 가장 힘든 일도 할 수 있게 되지 않을까?

18일

병원을 다녀왔다. 오늘로써 세번째.

곧 종합검진을 받아야 하는데 수면제가 든 성분이 있는 약을 먹으면 수면 내시경을 할 때 마취가 안 될 수도 있다는 말에 정신과 약을 먹지 못하고 있다. 하는 수 없이 검진이 끝난 뒤부터 먹기로 했는데 오늘 그 사실을 정신과 선생님께 말씀드리지는 못했다. 지시에 잘 따르지 않는 문제 환자가 되기는 싫었기에.

하지만 이미 그러고 있으면서, 언제나 그렇지만 남을 실망시키는 것보다는 차라리 거짓말쟁이가 되는 쪽을 택하는 나.

19일

지난 연말에 나온 네번째 책의 성적이 계속 좋지 않다. 어떻게든 반등이 있을 거라 생각했는데 판매 그래프는 계속 떨어져만 간다. 출판사와의 남은 계약 문제도 있고, 어차피 이번 책의 결론은 난 만큼 가능한 서둘러 다음 책에 들어가고 싶은데 무서워서 글이 써지지 않는다.

거절이란 내게 무엇일까. 이십오 년 전 내 정신과 진단서에 '경계선 인격 장애'라는 병명이 있긴 했지만 그다지 의미를 두진 않았다. 난 그저 내 병을 크게 우울증으로 이해했으므로. 그런데 나중에 그 경계선 인격 장애라는 게 거절과 상실에 유난히 취약한 병이라는 걸 알고는 좀 의외란 생각이 들긴 했었다. 나도 거절당하는 일에 그냥 남들만큼 힘들어하고, 남들도 나만큼은 반응한다고 생각했기 때문에.

며칠 전엔, 작지만 제법 영향력이 있는 어떤 서점에서 얼마 전 나온 나의 새 책을 유독 큐레이션하지 않았다는 사실을 알았다. 안다. 대중 앞에 선 지 이십오 년. 이런 상황에는 너무도 익숙해서, 이런 일이 나한테만 벌어질 리 없고, 누군가 나만 콕 집어 이런다고 느끼는 게, 세상이 나를 그렇게나 신경쓴다고 여기는 게 얼마나 큰 자의식 과잉인지를. 그럼에도 요즘처럼 연달아 거절당하는 일이 쌓이면, 아무리 안 그러려고 해도 세상이 나를 거부하고 밀어내는 것만 같은 느낌에서 좀처럼 자유롭기가 어렵다.

22일

오늘도 쓴다. 내가 너무 성급하게 결론을 내린 것은 아닌지에 대해. 그래서 이제 영원히 다시는 책을 낼 수도 없고 굶어죽게 된 게 아니라면 난 어째서 이렇게까지 결과에 관해 공포를 느끼고 있는지에 대해. 어쨌든 상태가 이렇게 안 좋아져버렸으니 어떻게든 수습을 해야 하는데, 어떻게 또 상황을 극복하고 체력을 회복해서 다음을 도모할 수 있을지에 대해.

책에 들어갈 원고는 여전히 전혀 쓸 수 없지만 이런 식의 자발적인 텍스트는 거의 항상 손에서 놓지 않고 생산해가고 있다. 이것이 그나마의 위안이다. 여전히 쓸 수 있다는 것. 물론 상태가 정말 안 좋은 날엔 그런 단순한 기록이나 짧은 일기마저도 쓸 수 없긴 하지만 그럴 땐 다음날을 기약한다. 내일이면 쓸 수 있겠지. 그게 안 되면 또 다음날 하면 된다.

아무것도 서두르지 말자. 아무것도.

너(나)는 지금 환자니까.

3월   나를 살리기 위한 지침들

나를 살리기 위한 지침들

1.

나는 그렇게 할 수 있는 일들을 하면서 나를 회복시켜갔다. 건강뿐만 아니라 돈 문제, 일, 인간관계, 온갖 생활 습관, 취미 등 삶전반에 관한 거의 모든 것들을 돌아보고 정리하고자 했다. 건강은그 모든 것들과 관련이 되어 있었기 때문이었다. 계속 정리를 해가다보니 나름의 지침도 하나둘씩 생기게 되었는데 그중 첫째가'나를 탓하지 않기'였다.

나는 너무 오랫동안 너무 많은 일들에 내 탓을 하며 살아왔고,어쩌면 지금 그 대가를 치르고 있는 중인지도 몰랐다. 이럴 때 스스로에게 한없이 관대해지는 것보다 중요한 일이 또 있을까? 나는 내 몸과 마음이 완전히 회복될 때까지 무슨 일이 있어도 내 탓을 하지 않기로 결심했다. 설령 뭘 잘못했어도 다음에 잘하면 된다 격려하고, 손톱만 한 일이라도 호들갑스럽게 자신을 칭찬해주려 애쓰면서 더는 어떤 자책감도 느끼지 않기 위해 노력했다.

태도가 누군가를 죽일 수 있다면 바로 그 태도 때문에 살 수도 있을 터.

계속해서 나를 살리기 위한 두번째 지침은 '미루지 않기'. 귀찮음과 (필사적으로) 싸워 이기기이다.

나는 안 그래도 게으른 기질에다 마음의 병까지 더해져서인지 아침에 눈을 뜨면 손가락 하나 까딱하기조차 싫어서 미칠 것 같은 귀찮음과 싸워야 했다. 그래서 난 매일 아침 너는 벌레가 아니라고 속으로 외치면서 가까스로 일어나 하루를 시작해야만 했다. 그래도 조금만 긴장을 풀면 금세 다시 무기력해져버리곤 했기에, 아무리 사소한 것이라도 그날의 할 일을 일일이 노트에 적고선 하나씩 지워가며 어떻게든 하려고 노력했다. 길 건너 구멍가게까지 걸어가서 20리터짜리 쓰레기봉투 한 묶음 사 오기. 진공청소기의 먼지통 비우기…… 남들이 볼 땐 작은 일일지 몰라도 그때의 내겐 하나하나 하기가 태산 같은 일들이었다.

나는 나중에서야 이 정도로까지 무기력한 상태가 지속된다는 건 병 때문이라는 심중이 깊어졌지만, 원인이 뭐든 미루기는 삶에 현실적으로 타격을 가하는 매우 안 좋은 습관이다. 당장 아무것도 하기 싫으면 (그래서 하지 않고 미루면) 우선 집 안이 어질러지는데, 쓰레기장이 되어버린 집 안에서 나를 살리는 일을 도모한다는 자체가 난센스다. 아픈 환자가 불결하기 짝이 없는 병원에 입원하는 격일 테니 말이다. 무엇보다, 내 많은 문제들이 이토록 반복되는 이유도 해결하기를 무한히 미루는 내 게으름 때문일 텐데, 그걸 바꾸지 않고 어떻게 삶이 달라지길 바랄 수 있을까.

뭐든 애를 썼으면 보상이 따라야 하는 법. 그것이 살기 위한 나의 세번째 지침이었다. 가능한 자주 나에게 선물을 해주기. 뭘 했으면 어떤 식으로든 보상해주기.

처음에는 어떤 하루를 보냈건 그날 하루를 죽지 않고 버틴 것만으로도 칭찬받을 자격이 있다 믿었다. 해철이형 말씀마따나 우리는 태어난 것만으로도 이미 제 할 일은 다 한 사람들이니까. 그런데 시간이 지나고 상태가 조금씩 좋아지면서 빵 한쪽에 불과하던 선물의 양이 늘어난 것까진 좋았는데, 문제는 조금 숨쉴 틈이 생기자 내가 곧바로 또 일을 하려 들었다는 것이다.

나는 이제껏 한 번도 해본 적 없으나
바로 지금 해야만 하는 그 일을 하기로 했다.

스스로에게 한없이 관대해지는 것.

2.

이러다 또 금세 지치고 상태가 도로 악화되는 상황을 피하기 위해서는 완전히 회복한 뒤에 뭘 해도 해야 할 텐데. 게을러 빈둥 거리면서도 머릿속에서는 일 생각을 놓지 못하고, 분명 휴식을 취해야 하는데도 일을 하지 않으면 불안해지는 패턴이 반복되는 이유는 뭘까.

나는 한국 사람. 평생을 뭐든 열심히, 최선을 다하는 것만을 미덕으로 알고 살아왔다. 어떻게 하면 잘 쉬는 것인지 그게 왜 중요한지, 쉬는 동안엔 무엇을 하며 보내야 하는지에 대해서는 관심을 두어본 적도 없고 잘 알지도 못한다.

그래서인지 취미가 없다. 그나마 유일하게 좋아했던 음악 듣기는 직업이 된 후로 그 즐거움을 잃어버린 지 오래되었고, 여행이나 자전거 타기 등 남들 같은 취미가 없다보니 그냥 일에 매달리다 쉴 때는 할 게 없어서 다시 일을 하며 그렇게 살았다. 일이 일이고 일이 취미였다고 할까. 변변한 취미라도 하나 있어서 제대로 쉬면서 충전도 했으면 상황이 이렇게까지 되지는 않았을 텐데.

그리하여 생겨난 네번째 지침. 잘 쉬는 법을 익혀라. ― 그러기 위해서는 취미를 가져라.

나는 내게 평생 한 번도 가져보지 못한 긴 휴식, 다시 말해 일종의 안식년이 필요하다고 생각했고, 때문에 그 시간을 채울 무언가를 찾는 것은 사뭇 절실한 과제가 되었다. 취미를 찾는 일이 절실하다는 게 조금 우습긴 했지만 그걸 찾지 못하면 쉴 수가 없고 사람이 쉬지 않으면 어떻게 되는지는 이번 일로 충분히 경험하지 않았던가.

　이런 나의 사연을 들은 주위 사람들이 좋은 오디오를 장만해라, 고급 카메라를 사봐라 하면서 이런저런 일들을 권해주었기에, 나는 하고 싶은 일을 찾아야 한다는 뭔가 기이한 강박 속에 그것들을 할지 말지 고민하는 시간이 시작되었다. 허나 당장 음악을 듣지 않는데 좋은 기기를 갖추었다고 갑자기 음악 감상을 하게 될는지 자신이 없었고 사진 찍기 역시 마찬가지였다. 그래도 뭔가 하기는 해야겠고, 선뜻 내키는 건 없어 이런저런 고민을 거듭하던 중 뜻하지 않은 일을 당한 건 3월 어느 날이었다.

　차를 몰고 시내에 나갔다가 집으로 돌아오는 길. 신호 대기에 걸려 서 있는데 갑자기 뒤에서 둔탁한 충돌음이 들리더니 웬 차가 내 차 옆구리를 사정없이 쓸고 지나가버리는 게 아닌가.

　다행이라면 나의 잘못은 하나도 없는 이 상황을 증언해줄 같은 처지의 다른 차들이 석 대나 있었다는 것이고, 당황스러웠던 건 문제의 가해 차량 차주는 열 살배기 어린 딸아이의 엄마였다는 것이다. 놀란 그가 하도 눈물을 흘리는 바람에 나는 피해자이면서도 가해 차주를 위로하는 이상한 역할을 하다가 사고 접수를 마치고서야 집으로 돌아왔는데……. 그때까지만 해도 나는 이 일이, 이 작은 사고 하나가, 앞으로 나의 삶에 얼마나 연쇄적인 파장을 일으키게 될지 짐작조차 하지 못하고 있었다.

나를 살리기 위한 지침 다섯 가지.

1. 내 탓 하는 습관 버리기.
2. (책에는 기술하지 않았지만) 나와 나를 둘러싼 모든 것에 끊임없이
   긍정하는 습관 갖기.
3. 미루는 습관 버리기.
   ― 안 그러면 상황은 영원히 나아지지 않으니까.
4. 스스로에게 자주 선물을 해주기.
   ― 빵 한쪽이라도 좋으니 무엇이든 보상하는 습관을 들이기.
5. 잘 쉬는 법 익히기.
   ― 그러기 위해서는 취미를 갖기. (습관처럼 몰두할 거리를 찾자.)

결국 나를 살리는 건 습관.

긴 고민의 시작

1.

가끔 뉴스 같은 데서 보면 우리나라에서는 삼 년마다 차를 바꾸는 사람들도 많다고 하던데, 나는 십 년째 타고 있는 내 차를 굳이 바꿀 마음이 없었다. 다만 견물생심이라고 내 차를 수리하는 동안 보험사에서 내준 다른 차를, 그것도 새것으로 타다보니 마음이 이상하게 요동을 친 것뿐.

'십 년이나 탔으면 나름 알뜰하게 탄 거야. 지금 바꾼다고 해서 아무도 손가락질하지 않아.'

내년이면 한국 나이로 쉰. 안 그래도 지금 나는 나를 격려하고 작은 것으로라도 보상해주고 선물도 많이많이 해주기로 한 시기가 아닌가. 그런데, 지금까지 살아오면서 뭐 쥐뿔 해놓은 건 없지만 이렇게 오십 년 가까이 살고 견뎌온 것만으로도 선물 받을 자격은 충분하지 않을까? 다시 말해, 내년에 오십이 되니까 그동안 수고 많았어, 앞으로도 잘해보자 하는 격려와 보상의 의미로 내게 선물을 주자는 것이다.

새 자동차를.

2.

그런데 이번에도 난 선뜻 결정을 내릴 수가 없었다. 막연하게 새 차를 사고는 싶은데 돈도 돈이지만 꼭 사야 할 이유를 찾기가 어려웠기 때문이다. 나라는 존재의 탄생 오십 주년 기념으로 내 자신에게 선물을 하자라는 명분은 뭐 그렇다 쳐도, 그 선물이 왜 자동차가 되어야 하는지 그게 내게 정말로 선물이 될 수 있을지 확신할 수가 없었다. 좀더 크고 확실하며 거부할 수 없는 이유는 없을까?

매장에 가서 이런저런 차를 타보고 괜히 견적도 받아보다 중간에 잠깐 끌리는 차가 생겨 좀더 직접적인 갈등에 시달리기도 했다. 허나 그때마다 날 주저하게 했던 건 여전히 차라는 물건이 내게 줄 수 있는 것에 대한 확신의 부재였다. 지금 나는 나를 격려하고 뭔가 스스로를 고양시켜야 하는 시기인 건 맞다. 최근 두 번의 등판에서 연달아 패배한 뒤 자신감이 현저히 떨어져 있었으니까. 문제는 그 자신감이라는 게 새 자동차를 타는 것으로 회복이 될 수 있느냐 하는 점이었다. 좋은 차를 타면 가능하지 않겠냐고? 그럴 수 있을지도 모른다. 나도 남들이 좋다는 차를 탐으로써 자신감을 넘어 자부심까지 가질 수 있다면, (어떤 사람들처럼) 나도 그런 게 가능하다면 말이다.

그래서 돈으로라도 이 상황이 극복되어 더는 어디 가서 주눅들지 않고, 두려움 없이 글도 쓰고 그럴 수 있다면 빚을 내서라도 질렀을지 모른다. 그런데 그럴 것 같지가 않았다. 지금의 이 바닥 아래까지 떨어져버린 멘탈로는 설사 벤츠의 최상위 기종인 메르세데스 마이바흐 S 시리즈를 탄다 한들 뿌듯하기는커녕 맞지 않는 옷을 입은 기분에 시달릴 것만 같았다. 설령 탄다 해도 누군가 슬쩍 다가와 이거 당신 차 아니지? 하고 내 귀에 속삭일 것만 같은 기분이었다.

3.

그건 마치 일전에 비싼 오디오 세트나 전문가용 카메라의 구입을 권유받을 때와 비슷한 상황이었다. 그것들이 너무 갖고 싶고 하고 싶은 일이었다면 지금의 내 상황상 땡빚을 내서라도 어떻게든 질렀을 거다. 근데 그만큼은 아니었다. 원함이 강렬하지 않았다. 없는 열정을 부채질할 수는 없는 노릇이었다.

아, 제발…… 왜 이렇게 하고 싶은 것도 원하는 것도 없는 것일까. 차라리 남이 손가락질하더라도 나도 뭔가를 사고 싶다는 마음이 들기라도 했으면 좋겠는데. 나도 제발 뭔가 강렬하게 갖고 싶고 하고 싶은 그런 게 있었으면 좋겠는데.

차라는 것의 의미와 가치에 대해 생각해본다. 차의 용도는 사람이나 짐을 싣고 달리는 것이니 잘 달리기만 하면 된다, 고 생각하는 주의는 아니다. 차의 용도가 단지 그것뿐이었다면 세상에 이렇게나 다양한 색상과 형태, 기능, 용량, 가격이 각기 다른 브랜드의 차들이 존재할 이유는 없었을 것이다. 차에는 그 본연의 용도 외에도 취향과 욕망이란 게 반영되기 마련이어서 저마다 거기에 부여하는 가치들도 다른 게 사실이다. 차를 단순한 운송 수단이 아닌 자신을 대리해서 보여주는 어떤 상징으로 여기는 이들도 있고, 달리기 성능에 목을 매 더 빨리를 외치며 속도에 집착하는 사람들도 있고, 그저 성능과 안정성에 최우선의 가치를 두는 사람들도 있다. 원하는 차를 타려 가진 능력을 총동원해 소위 말하는 드림카를 뽑아 타고 다니면서 애지중지 꾸미고 관리하는 것을 인생의 낙으로 삼는 사람들이 있다는 것도 안다. 그것이 삶의 가장 큰 낙이고 취미인 사람들.

물론, 나는 그 모든 각각의 가치들에 경중을 매기고 싶은 마음은 없다. 단지 나도 그 여러 부류의 사람들 중 하나였으면 좋겠는데 불행히도 내겐 해당하는 지점이 없어 아쉬울 뿐. 지금보다 젊었을 땐 좋은 차를 타고 싶다는 욕망 같은 것이 내게도 조금은 있었던 것 같은데. 언제부터 차라는 게 내게 줄 수 있는 것이 이렇게 많지 않게 된 것일까.

가끔, 내가 되게 소박한 사람이라서 항상 일상적인 것들을 가지고 글을 쓴다고 여기는 이들이 있다. 그치만 내가 작가로서 일상적이고 평범한 것들에 주목하는 이유는, 그것이야말로 가장 거대하고도 무궁무진한 글거리의 바다이며 그게 가장 강렬하고 호화로운 주제이기 때문이지 내가 수수한 인간이라서는 아니다. 지금은 많이 누그러졌지만 어릴 적 나는 우리집에서는 별종일 만큼 속물이었다. 우리집보다 뭐든 더 있어 보이는 집에라도 다녀온 날엔 잠을 못 자고 부러워하는 것도 가족 중 나뿐이었고, 어머니 사업 규모가 꽤 되셨는데도 왜 우리집은 이것밖에 안 되는가 늘 한탄을 하며 살았다. 차만 해도 그렇다. 세상일에 별 욕심이 없던 아버지가 내 기대보다 못한 차종을 모는 게 속상해 매일 더 좋은 차를 뽑자고 성화를 해댔다. 아버지가 포니를 몰면 스텔라를 타자하고, 스텔라를 뽑으시면 로얄 살롱을 못 타 난리를 치면서.

그랬던 내가 지금은 비록 백 개월 할부가 됐든 중고가 됐든 그때와는 비교할 수 없을 만큼 좋은 차를 어쨌든 내 힘으로 가질 수 있는데, 어째서 그러기가 이렇게 주저되는 것인지 나는 알 수가 없었다. 갖고 싶은 차가 있는데 그게 내 형편 이상의 것이라 고민이 되는 게 아니라 어째서 제아무리 좋은 차라 해도 내 마음을 사로잡지 못하는 것인지. 왜 이렇게까지 욕심이란 게 생기지 않는 것인지 이해가 가질 않는 거다. 나는 그런 놈이 아니었는데 말이다.

4.
조금 유치한 접근이긴 하지만 세상엔 차 말고도 자랑할 거리가 많긴 하다. 돈으로는 살 수 없는 세련된 스타일, 확신에 찬 검박한 태도, 편협하지 않은 가치관, 풍부한 지식, 교양, 매너…….

그치만 저런 무형의 것들만이 자랑할 만한 가치를 지니고 물질적인 것, 세속적인 것들은 무가치하다고 여기는 태도는 너무 교과서적인데다 적어도 나의 것은 아니다. 나는 명품 같은 걸 사는 일에 관심이 없지만 다른 누군가에겐 그것이 중요하고 근사한 가치가 될 수 있음을 안다. 그렇게 겉으로 보이는 모습과 세속적인 것들의 가치를 부정하지 않는 내가, 모처럼 새 차 한번 타보려는데 어째서 이렇게 결정하기가 어려운 것일까.

난 그때그때 드는 이 모든 고민과 생각들을 계속해서 적어나갔다. 3월이 되어도 새 책을 위한 원고는 여전히 한 글자도 쓸 수 없었지만 희한하게도 그와 상관없는 글들은 무한히 쓸 수 있었고 그게 나의 위안이자 내가 기댈 유일한 구석이었다. 달이 다 지나가도록 나는 여전히 차에 대해 쓰고 있었는데, 사실 그건 차 얘기라기보다는 어떤 확신에 관한 것이었다. 검소하게 살든, 사치를 하든 내게 필요한 것은 확신이어서 내가 원하는 것을 외면하면서까지 검소하고 싶지 않았고 정말 원하는 것인지 확신이 가지 않는데다 돈을 낭비하고 싶지도 않았다. 정말로 새 차 따위 필요 없다고 딱 결론을 내든가, 어떤 께름함도 없이 지르든가, 어느 쪽이든 확신 말이다.

그러는 사이 곧 새 장가를 가게 될 친구가 미국에서 짝과 함께 날아온 것은, 아직은 날이 차던 3월 하순께의 어느 일요일 오후였다.

내 마음을 내가 알 수 있다면

인생의 많은 문제들이

지금보단 수월하게 해결될 텐데.

박찬욱

친구가 낮에 자기가 묵고 있는 호텔에서 만나자길래 나갔더니 안 그래도 좋은 차를 타던 녀석이 재혼을 핑계로 더 더 좋은 차로 바꾼 것이 아닌가. 그런데 그때 왜 그랬는지 난 새 차 얘기를 하며 뿌듯한 표정을 짓고 있는 친구에게 대뜸 이런 말을 했다.

— 야, 박찬욱은 차 없어. 지하철을 타도, 버스를 타고 다녀도 박찬욱은 박찬욱이니까.

친구는 내 말에 잠시 의아한 표정을 짓더니 대꾸했다.

— 석원아. 난 박찬욱이 아니잖아.

순간 멍했다. 당연히 친구는 박찬욱이 아닌데 뭘 어쩌라고 난 그런 말을 한 것일까. 난 니가 비싼 돈 주고 명품 차를 사기보다 니 자신이 명품이 되었으면 좋겠어, 뭐 이런 뻔한 얘기라도 하고 싶었던 걸까? 난 그렇게 생각하지도 않거니와 오히려 그런 말 하는 사람 조금 식상하다고까지 생각하는데. 어쨌거나 일단 자극을 받은 친구는 계속해서 말을 이었다.

— 야, 내가 깐느 가서 대접받는 세계적 거장도 아니고, 내 돈으로 저런 거라도 타고 다니면서 기분 좀 내는 게 그렇게 잘못된 일이냐?

모르겠다. 난 그런 말을 하는 친구에게 그런 거 다 소용없느니, 차로 세워지는 자존감이라는 건 너무 슬픈 얘기가 아니겠느니 하는 말로 대꾸하지 않았다. 그건 그것대로의 가치가 있을 것이고 무엇보다 남의 선택과 행위에 대해 함부로 평가를 하는 건 나부터가 가장 싫어하던 바였으니까.

영화를 전공했으나 다른 쪽에서 더 성공을 거두었던, 그래서 원래도 많던 부모의 재산을 더 많이 불릴 수는 있었던 친구는 그날 비싼 호텔에서 비싼 술을 마시며 말했다.

— 석원아. 난 내 인생에서 부질없지 않은 게 하나라도 있었으면 좋겠어. 그러니까 돈 주고 고급차 사는 거 소용없고 부질없다는 말 같은 거…… 하지 말아줬으면 좋겠어.

나는 친구에게 진심으로 사과했고 친구는 친구끼리 괜찮다느니 어쩌느니 하다가 신부를 만나러 갔다. 그러고 보니 그날은 광화문 씨네큐브에서 박찬욱 감독의 BBC 신작 드라마 〈리틀 드러머 걸〉을 무려 여섯 시간 동안이나 상영하는 날이었다. 그래서 안 그래도 차 문제로 혼란스러웠던 마음에 뜬금없이 박찬욱 얘기까지 뒤섞여 그런 헛소리를 하게 된 것일까?

만약, 최근 그렇게 차를 많이 바꾸며 뭔가 보이는 모습에 몰두하는 친구가 어쩐지 공허해 보여 내가 그런 말을 한 거라면, 그 추측의 옳고 그름을 떠나 나는 궁금했다. 무려 영국 최고의 공영방송에서 모셔다 드라마 제작을 맡기는 박찬욱 감독 같은 세계적 거장도 어떤 종류의 것이든 공허감이란 걸 갖고 있을지. 내 경험에 의하면 어떤 사람이 유명하고 잘나가고 부자라서 그 내면 역시 부족함 없이 충만할 거라고 여기는 건 가장 단순하고도 순진한 착각이었다. 내가 만난 그 어떤 잘나가고 유명한 사람도 불안에 시달려 하지 않는 경우는 거의 본 적이 없었으니까. 다만 박 감독 역시 뭔가 결핍이 있다 해도, 적어도 그게 많은 돈을 모으고 좋은 차를 타고 다니는 것으로 해결이 될 수 있는 종류의 것은 아니리라 짐작할 뿐.

그날 밤 잠들기 전, 친구의 말이 자꾸만 나를 때렸다. 부질없지 않은 게 인생에서 하나라도 있었으면 좋겠다는 말.

그래. 어쩌면 내게 지금 필요한 것도 그거였는지 모른다. 부질없지 않은 무언가. 아마도 난 그게 너무 필요한데 좀처럼 발견할 수가 없어서 이렇게 돈이라도 주고 살까 말까 고민을 하고 있는 것은 아닐까. 그래서 비싼 돈을 들여 산 새 차를 부질없어 하지 않을 자신이 없어 이렇게 망설이고 있는 것이고.

누구든 스스로 생각하는 것만큼 불행하지 않으며
또한 남들이 짐작하는 것만큼 행운아도 아니다.

2인조

4월   행복은 나로부터

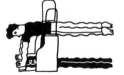

호크니

나는 보통 남의 경조사에 가면 숨듯이 있다가 중간에 빠져 나온다. 물론 사진 촬영 같은 건 하지 않는다. 유난한 외모 콤플렉스 때문에 스무 살 넘어 내가 좋아서 찍은 사진이 한 장도 없을 정도니까. 그런데 이번에 식을 올릴 친구 놈은 워낙 친한 사이였기 때문에 그럴 수가 없었다. 축사까지 맡는 바람에 아무렇게나 하고 갈 수도 없었다. 그 기쁘면서도 난감했던 친구의 경사가, 그러니까 녀석의 생애 두번째 결혼식이 그토록 길었던 내 새 차에 대한 고민을 끝내주게 될 줄 누가 알았을까.

우선은 당일에 입을 옷이 필요했는데, 다들 그렇겠지만 옷을 산다는 건 보통 일은 아니다. 일단 반복해서 뭘 입고 벗는다는 게 체력 소모도 만만치 않은데다 수많은 선택지 중에 하나를 결정한다는 것도 쉽지만은 않고, 더군다나 결혼식에 입고 갈 옷을 장만한다는 건 이래저래 더 신경이 쓰이고 신중할 수밖엔 없는 일. 안 그래도 뭘 사든 한 번 가서 덥석 사는 체질이 아니다 보니 이번에도 같은 곳을 서너 번을 넘게 가고서야 어찌어찌 결정을 해 입고 겨우 식을 무사히 치렀는데, 이상한 일이었다. 피로연 파티도 잘 끝내고 신랑 신부도 웃으며 떠나보내고 다 잘 마쳤건만, 그 모든 게 끝나고 난 뒤에도 호텔 앞마당엔 마치 호크니의 그림처럼 쨍하게 햇볕이 내리쬐던 오후였다. 내 결혼식도 아닌데 왜 그렇게 마음이 분주했던지. 나는 고생 끝에 행사 하나를 마치고 난 가수처럼 이상한 공허감에 시달리며, 이제 어딜 갈까 누굴 만나 무엇을 할까 방황하다가 나도 모르게 홀로 집이 아닌 압구정동 갤러리아로 향하게 되었던 것이다.

갤러리아

갤러리아 백화점은 중요한 일이 있어 옷이 필요할 때면 가끔 가는 곳이다. 다만 평소 옷을 고르는 그 모든 과정들을 번거로워 하는 편인지라, 원래는 이렇게 일을 치르고 나면 해방감에 더는 당분간 발길을 줄 이유가 없는 곳이기도 했다. 그런데 이번엔 왜 그랬는지 일이 다 끝났는데도 이상하게 거기서 본 어떤 옷 하나 가 계속 눈에 밟혔다. 무슨 말인가 하면, 처음 봤을 때 맘에는 들었 지만 당장 결혼식에 입을 만한 옷은 아니기에 지나쳤던 어떤 재킷 하나가 생각이 나더라는 것이다. 그래 가서 그거나 한번 입어보자 는 요량으로, 다른 것 볼 것 없이 그 녀석이나 맘에 들면 데려와서 봄에 입어야겠다 싶어 들른 것이었다. 결국엔 평소처럼 고민만 하 다 결정은 하지 못하고 돌아오긴 했지만 말이다. 그런데 평소에는 그렇게 번거롭고 해치워야 할 과제로만 인식이 되던 일이, 그러니까 여러 번 옷을 벗고 입기를 반복하며 이 옷 저 옷 고민하며 비교해보고 가격을 따져보는 그 모든 일들이, 그날따라 내게 묘한 걸 주는 것이었다. 뭔가, 아주 오랫동안 잊고 지내던 내 안의 무언가가 꿈틀대는 느낌?

옷

어려서 옷을 유별나게 좋아하긴 했지만 나이들어서는 먹고사
는 것에 치여 그랬는지 그저 몸이나 가리자는 마음으로 살았다.
옷이라기보단 차라리 껍데기에 가까운 것들을 입었다고 하는 게
더 정확할 것 같다. 꿈에라도 스티브 잡스를 따라 하는 건 아니었
지만 같은 옷만 입는 게 사실 편해서 시커먼 옷을 여럿 구비해놓
고는 꽤 오래 그것만 입었다. 양말도 같은 검은색으로 몇십 켤레
씩 사다놓으면 짝을 찾을 필요가 없어 편하지 않은가. 그때 백화
점엘 갔던 것도 친구 결혼식이라고 뭐 거창하게 칠보단장을 하려
던 것은 아니었고 그전 해에 걷지를 못해 누워만 있다보니 살이
많이 쪄서 그거나 커버할 요량이었을 뿐. 때문에 식을 마친 뒤에
도 다시 그곳을 찾을 줄은 몰랐는데, 왜냐하면 이렇게 필요에 의

해서가 아니라 그저 원해서 백화점을 찾는 일은 거의 드물었기 때문이다.

난 우리집에서 여러 가지 이유로 별종이었다. 엄마 할머니 누나 고모들과 함께 복작거리며 살았는데 나보다 옷 욕심이 많은 사람은 없었다. 옷을 좋아하는 사람들은 알 것이다. 마음에 드는 녀석을 발견해서 고민 끝에 집으로 데려오면 꼭 하늘을 나는 것처럼 황홀해지는 그 심정을. 그런데 그때 친구의 결혼식 이후 찾은 백화점에서, 언제 마지막으로 느꼈는지 기억조차 나지 않던 어릴 적 그 감정이 수십 년의 세월을 훌쩍 뛰어넘어 다시금 전해지는 게 아닌가.

처음엔 며칠 그러다 말 줄 알았다. 난 워낙 권태도 빠르고 뭐 하나 진득하게 좋아하질 못하는 놈이니까. (그래서 좋아하는 게 잘 없는 것이기도 하고.) 그런데 4월 초순께 시작한 그 옷 쇼핑 백화점 나들이가 하루가 이틀이 되고 이틀이 삼일이 되더니 열흘을 넘기도록 계속될 줄 누가 알았을까.

무슨 옷을 그렇게 보러 다니는지, 누가 보면 이상한 사람 취급을 받을 수도 있는 일이었다. 그렇지만 난 그때 뭘 하든 내가 하는 일에 최대한 관대하자는 입장이어서, 옷이 아니라 더한 걸 보고 산다 해도 막을 마음이 없었다. 아니, 막아서는 안 된다고 생각했다. 오히려 '잘하고 있어. 좋아하는 거 하고 싶어서 그렇게 헤매었던 거 아니야?' 하면서 스스로를 부추겼다. 그러다보니 보름이 지나고 한 달이 가까워 오도록 거의 매일 백화점엘 출퇴근하다시피 하는 일상이 지속되었다. 아무리 그래도 한 달이 넘어서면서부터는 정말 계속 이래도 되는 건지 슬슬 걱정이 되기도 했지만 나는 끝내 그 일을 멈추지 않았다. 누구의 눈치도 보지 않고 나 자신을 위해 이렇게 돈과 시간을 써보는 일이 평생 처음이라는 생각 때문이었다.

행복은 나로부터

언제부턴가 내 손으로 부모님을 부양하고, 집안에 일이 있을 때마다 식구들 중 가장 많은 돈을 부담하는 데에서 기쁨과 보람을 느껴온 지 꽤 되었다. 독자들이 내 책을 사준 덕분으로 좁디좁았던 부모님의 집 평수를 늘려드린 일은 축복이기까지 했다. 비록 사드린 것은 아니었지만. 그러던 것이, 왜 그런지 얼마 전부터는 가족들을 위해 돈을 쓰는 일이 전만큼 마냥 기쁘지만은 않았다. 이상하게 그러고 나면 마음에 허기가 져서 그렇게 돈을 쓰고 나면 나한테도 꼭 그만큼은 써야 뭔가 심리적 갈증이 해소되는 상태가 되풀이되었다. 돈이 이중으로 들었지만 그래도 멈출 수 없는, 돈과는 견줄 수 없는 뭔가 다른 차원의 문제였다.

타인을 통해 얻는 행복이란 한계가 있기 때문이었을까?

그게 설령 가족이라 할지라도?

그래서 벌받을 일 같지만 나는 올해도 엄마의 팔순을 맞아 많은 돈을 쓰는 만큼 나에게도 어느 정도는 쓰고 싶었다. 무리가 아니라고는 결코 할 수 없었지만 모처럼 스스로 준 긴 휴가에 나라도 넉넉히 휴가비를 챙겨주고 싶은 마음이었다.

대개는 옷을 그저 구경하는 일이 많았지만 실제 꽤 여러 벌의 옷을 사면서도 그 일을 멈추지 않으려 한 데에는 또 이런 이유도 있었다. 그간 평생을 의심 없이 몰두하고 권태 없이 지속적으로 좋아할 만한 일을 찾아 헤매왔는데, 드디어 그걸 찾았으니 얼마나 기뻤겠는가. 맘에 드는 녀석을 하나 발견해 나름의 곡절 끝에 집에 데려오면 보물을 가진 듯 바라만 봐도 행복해하다 잠이 드는 경험을 한 번도 해보지 못했던 난, 그 시간들이 꼭 꿈같았다. 그래서 지금 쓰는 돈의 몇 배를 들여 아무리 비싸고 좋은 새 자동차를 산다 해도 내게 이런 기쁨과 만족감을 주지는 못할 것임을 알았기에, 차나 오디오나 카메라를 사는 데에는 그렇게나 주저했던 것과 달리, 내가 진짜로 원하는 이 일만큼은 포기할 수가 없었다.

내 드물디드문 열정의 대상에 시간과 돈을 들인 대가로 누가

뮈라 한들, 심지어 내게 손가락질하는 이가 나 자신이 된다 해도,
결코 헛된 일이 되지는 않을 거란 확신이 들었던 거다.

확신. 그토록 간절히 찾아 헤매던 것 말이다.

나는 그때 알았다.

정말로 좋아하면 고민하지 않게 된다는 걸.

정말로 누굴 좋아하면

좋아하는 건지 아닌지

고민하지 않아도 알 수 있는 것처럼.

몰입이 내게 준 것

삶의 어떤 분야든 어느 하나를 집중적으로 경험해보고 심지어 잘하기까지 해본 사람은 다른 일도 잘할 수 있을까? 나는 (대체로) 그렇다고 생각한다. 세상일이란 게 분야는 달라도 원리는 (대개) 비슷하기 때문이다. 가령 평생 운동만 해온 올림픽 메달리스트가 뒤늦게 공부를 시작해 교수가 된다거나, 소설가나 시인이 영화감독으로 데뷔를 해 거장이 된다든가 하는 예가 그렇다. 옷을 사는 일 역시 파고들고 몰두라는 걸 해보니 그저 허영의 퍼레이드만은 아니었다.

거기에도 성공과 실패가 있었고 낭비와 효율이 있었으며 옷을 보러 다니고 사는 과정에서 나름의 관계란 것들이 생기고, 그래서 소통도 하고 정보의 수집과 교류의 문제도 겪고, 재정에 대한 계획을 세워서 형편 내의 합리적 소비를 추구하는 경험도 해보고, 때로는 속이 뻥 뚫릴 만큼 부러 과소비도 해보고……. 그러면서 하여간에 옷에 관한 거의 모든 것들이 삶이었으며 끝내 그것들은 내 다른 일들에도 긍정적인 영향을 주었으니, 나는 그 일을 통해 잃은 것보다는 얻은 것들이 훨씬 더 많은 셈이었다.

예를 들어보자. 나는 서울 강남의 중산층들이 많이 찾는 압구정동 갤러리아 백화점이란 공간에 낡고 후줄근한 국산차들이 그렇게나 많이 오는지 처음 알았다. 주차장에 들어설 때면 십 년 된 내 차를 은근히 부끄러워하던 나와 달리 다른 사람들은 자신이 무엇을 타고 왔건 별로 개의치 않아 하는 모습을 보면서 중요한 건 차 따위가 아닌 본인의 마음(자신감)이란 것도 느낄 수 있었다.

물론 그 자신감이란 것을 무엇을 통해 키울 수 있는가, 단순히 마음을 먹는다고 그게 생길 수 있는 것인가는 또다른 문제이며 좀 더 복잡한 얘기가 될 것이다. 다만 내가 사는 옷들이 내 근본적인 문제를 해결해주지는 못해도 당장의 심정적 초라함을 어느 정도는 막아줄 수 있었기에, 멘탈이 완전히 더 바닥까지 추락해버리는 상황은 덕분에 피할 수 있었다. 또 뭔가에 몰두한다는 건 결국 나의 시선을 나 자신이 아닌 다른 곳으로 돌리는 일이었기 때문에 그만큼 회복할 시간을 번 것이기도 했고.

　그뿐 아니다. 어느 순간부터 자꾸 비슷한 옷만 찾는 것 같아 다양성에 대한 갈증을 느끼게 되었는데, 이런 다양성, 즉 구성에 대한 고민은 당연히 내 작품을 꾸밀 때에도 도움이 될 수밖엔 없었고, 무엇보다 정신없이 옷을 보러 다니다보니 보행 장애의 여파로 불과 삼십 분 이상을 걷기 어려워하던 내가 두 시간을 훌쩍 넘겨서 있었음을 알았을 땐 얼마나 기뻤던지! 더이상 차를 살까 말까 고민하지 않게 된 것은 말할 것도 없었고 말이다.

　그리하여 무엇보다 중요한 것. 짧지 않은 세월 동안 그래도 잘 살고 잘 견뎠다고 내가 나한테 선물로 준 것은 차가 아니라, 어떻게 보면 옷도 아니라, 그토록 원하던 '좋아하고 몰두할 수 있는 일'이라는 게 난 너무 좋았던 거다. 그렇다고 이 돈이 들어가는 일을 언제까지나 할 수는 없었기에, 이제 서서히 마쳐야겠다고 생각할 무렵 뜻밖의 인연이 생기게 된 것은 5월의 일이었다.

나중에 알게 된 사실이지만 내가 바라는 게 무엇인지를 안다는 건 너무
나도 중요한 일이었다. 그게 바로 나 자신을 아는 일이었기 때문에. 결
국 지금까지 내가 원하는 게 무엇인지를 몰라 그렇게 고민을 했던 것
은 그만큼 나를 몰랐다는 증거이기도 했다. 그만큼 나는 나 자신에게
관심이 없었다는 것.

삶을 사랑하는 법

어떤 영화를 보러 극장엘 갔어. 네번째였지. 미쳤냐구? 뭐 현대인 중에
정상인 사람이 드물다니 나도 어딘가는 그런 구석이 있겠지. 하지만 이
건 내 나름 작정한 바 있어서야. 평생 영화를 좋아하고 극장 가는 걸 그
렇게 좋아했는데 그렇게 좋아서 본 영화, 다시 한번 봐야지 결심하곤
그 결심을 지켜본 적이 많지 않아. 바빠서, 귀찮아서, 담에 가면 되지
이러면서 항상 미루고 미루다 막상 가려고 하면 어느새 영화는 극장에
서 내려가버리고 없었지. 다시는 내가 사랑하는 공간에서 좋아하는 걸
마주할 일이 없어져버리곤 했던 거야.

그렇게 놓친 게 얼마나 많던지.

인생은 유한하고, 나는 그 유한성을 점점 더 절감해가는 나이가 되었
어. 그러다보니 내가 사랑하고 좋아하는 것들을 만나기 위해 당장 행동
에 옮기지 않으면 기회는 어쩌면 영영 다시 오지 않을 수도 있다는 걸
깨달은 지금

내 나름의 사랑하는 법을 실천하고 있는 중인 거지.

생각해봐. 스물여섯에 갔던 런던을 다시 가야지 가야지 하다 결국 간 게 십사 년 만, 마흔이 넘어서였어. 그때 난 거기서 이십대 때 느꼈던 걸 조금도 다시 느낄 수 없다는 사실에 충격을 받았었지. 뿐이야? 내가 살고 있는 이 한국이란 나라는 뭐든 있던 자리에 그 모습 그대로 내버려두는 법이 없잖아. 모든 게 항상 변하고 새것으로 바뀌지. 얼마 전 다리가 조금 좋아져서 일 년 만에 왕십리 CGV를 찾았더니 아니나다를까 리뉴얼 공사를 하고 있더군. 늘 일요일 밤이면 찾던 그 한가롭고 널찍하던 로비는 이제 의자와 사람들로 가득 채워졌지. 극장측에선 이게 더욱 보기 좋은 풍경이겠지만 나는 이제 다시는 기억 속의 그 풍경을 볼 일은 없어져버리고 만 거야.

그래서 갔어. 미쳐서가 아니라, 내가 좋아하는 영화 좋아하는 공간에서 하고 있을 때 한 번이라도 더 보고 싶어서. 보고 싶으면 보자, 몇 번을 봤든 누가 뭐라든 미루지 말고, 후회하지 말고, 하는 마음에.

참, 오늘은 평소 가던 왕십리가 아니고 용산 CGV엘 갔는데 여기 정말 신세계더라. 무슨 레이저 아이맥스라는 게 있는데 화면이 왕십리랑 비교가 안 되는 거 있지. 보니까 상영관의 종류도 훨씬 다양해서 이젠 이곳을 더 자주 오게 될 것 같아. 거봐. 안녕이란 건 이렇게 순식간이라니까.

그러니 언제 올지 모를 이별을 하기 전에 하고 싶은 것, 할 수 있는 것들을 해야 해.

귀찮음과 싸워 이겨서, 사랑하는 게 곁에 있을 때 한 번이라도 더 누리라고.

뭐 게으름을 사랑한다면야 그건 그것대로 좋지만

적어도 지금은 이렇게 부지런을 떠는 게, 지금의 내가, 나를, 내 삶을 사랑하는 방식이야.

5월 　이거 예쁜 거예요?

질문

나는 여러모로 부족해서 내게 질문이란 행위는 무척 중요하다. 그래서 누가 내 질문에 대답을 잘해주면, 그리고 그 대답의 내용이 쓸모가 있다고 판단되면, 그 사람에 대해 큰 호감과 신뢰를 갖게 된다. 중요한 존재가 되는 것이다.

그는 강남에 있는 어떤 편집숍의 매니저였다. 처음엔 백화점에서만 옷을 보다가 편집숍이란 곳엘 가면 더 다양하고 좋은 옷들을 접할 수 있다는 사실을 알게 된 후로 처음 찾게 된 곳에 그가 있었다. 얼핏 쌀쌀맞은 듯하면서도 내가 어렵사리 뭔가 묻거나 의견을 구하면 정말이지 필요로 하던 것들을 어찌나 찰떡처럼 짚어주던지. 나는 그의 표정 없는 얼굴과 어떤 성격적인 냉랭함에도 불구하고 급속도로 의존하게 되었다. 그러던 어느 날 그의 권유로 구입한 옷에 대해 물어볼 것이 있어 밤잠까지 설치다 다음날 매장엘 가려고 미리 전화로 확인을 해보니, 하필 휴직을 하게 되었다는 것이다. 무슨 준비를 한다는데, 아무리 사정을 해도 매장측에서는 개인적인 연락은 불가하다는 답을 줄 뿐. 그래 모처럼 만난 뛰어난 조언자 한 명을 잃었다는 생각에 낙담을 하고 있는데 다음주에 매장엘 가니 뜻밖에도 그가 나와 있었다. 나는 반가워, 하시던 일은 잘되었냐고 인사를 건넸더니 그 표정이라곤 없던 사람이 얼굴을 한껏 찡그리면서도 애써 아무것도 아니라는 듯, 내게 이렇게 말을 하는 것이었다.

"아, 잘 안 됐어요."

글쎄. 뭐가 어떻게 안 됐다는 건지 잘은 모르겠지만 그뒤로도 나는 그가 있는지 없는지 전화로 확인해가며 그곳을 자주 찾았는데, 그저 손님과 매니저에 불과했던 우리 사이에 어떤 변화의 조짐이 보인 것은 그가 다시 매장에 복귀한 지 한 열흘쯤이 지나서였을 것이다.

인간은 잠시 잠깐씩 짧은 평화밖엔 누리지 못한다는 점에서는
초식동물이라 할 수 있다.

풀만 먹는 건 아니라는 점에서 너무 다르긴 하지만.

책

그가 잠시 자리를 비웠다 돌아온 뒤로, 돈이 오가고 물건을 사고파는 사이라도 거진 매일 보다시피 했기 때문에 둘이 뭔가 친근해진 건 사실이었다. 그렇다고 그가 무슨 일 때문에 휴직을 하려고 했던 건지, 그런데 그 하려던 일이 만약 잘 안 된 거라면 왜 그랬는지까지 알 수는 없었다. 그런 사담을 나눌 정도로까지 관계가 발전한 건 아니었으니까. 그만한 곁을 줄 사람도 아니었고.

그가 매장에 다시 나온 지 열흘쯤 되던 어느 날. 한 일주일을 망설이던 옷을 계산하다가 카운터 한켠에 책이 한 권 놓여 있어 무심히 보니 에세이였다. 요즘 유행하는 내 보기엔 별 근거도 없이 너는 예쁘고 소중하고 무엇이든 잘될 거야 하는 풍의, 꽤 유명한 책이었다. 그런데 내가 무슨 정신에서 그랬는지 "이 책 좋아하시나봐요" 하고 약간 의외라는 듯, 마치 이런 것도 읽으실 줄은 몰랐다는 듯 말을 건넨 것이 발단이었다. 그는 그런 내 말의 의도를 간파해 이 책이 어떻길래 그러느냐고 발끈하거나, 우리가 무슨 사이라고 그런 사적인 대화를 시도하느냐 반문하지 않았다. 그저 갑자기 너무도 절망적인 표정을 숨기지 않으면서 내게 이렇게 대답했는데, 그 순간을 나는 아직도 잊을 수가 없는 것이다.

"이거라도 읽지 않으면 미쳐, 아니 견딜 수가 없을 것 같아서요."

놀라움

모르겠다. 내가 그때 놀랐던 건 대체로 평온하던 그의 갑작스럽고도 격했던 감정의 표현만이 아니었다. 평소 난 손님과 매니저라는 관계에서 벗어나는 말을 그렇게 먼저 할 수 있는 사람이 결코 아닌데, 내게서 그런 돌발적인 행동이 나온 것에 우선 놀랐다. 그래서 어떻게 그렇게 대담한 행동을 할 수 있었는지 생각해보니 이 옷 쇼핑을 시작하던 두 달 전만 해도 매사에 주눅이 들어 있던 내가, 지금은 이만큼이나 활력을 회복한 덕분이란 것을 알고는 두 번째 놀랐다. 그건 많은 돈을 들여 비싸고 좋은 옷으로 내 몸을 둘렀기 때문이 아니라 아프기 시작한 지난 넉 달 동안 끊임없이 나를 격려하고 작게라도 내게 선물을 하고 내 삶을 정리하면서 쌓아온 매뉴얼에 충실히 따른 결과였는데, 그래서 난 또 놀랐다. 그 한

마디를 함으로써 한 달 넘게 그저 내게 뭔가를 파는 사람일 뿐이었던 그가, 단 한마디, 표정 하나에도 예외를 두지 않던 사람이 그 후로 자기 얘기를 조금씩 하기 시작해 우리가 뭔가를 나누게 되었기 때문에.

그 모든 것들이 내게 왜 이렇게까지 놀랄 일이냐 하면 나는 음악을 이십 년 넘게 하면서도 단 한 명의 음악친구도 사귀지 못했을 만큼 극단적으로 수동적인 관계 스타일을 지녀온 사람이기 때문이었다. 그런 내가 무슨 바람이었는지 그날 그 작지만 사적인 한마디를 던진 대가는 상상 외로 커서, 사람이 적극성을 띤다는 게 얼마나 엄청난 일인지를 알게 되었다는 게 그 모든 놀라움 중 으뜸이자 마지막 놀라움이었던 것이다.

그렇다고 그와 내가 갑자기 절친이 되어 막 자기를 오픈하면서 속 얘기를 줄줄이 나누게 된 건 아니었다. 그래도 그때부터 한 마디씩이라도 사적인 얘길 주고받으면서, 또다른 직원들이나 그 매장을 드나드는 이른바 '패피'들을 통해 알음알음으로 알게 된 사연인즉, 그는 자기 작품(옷)을 만드는 사람이었다. 그래서 자기 이름을 걸고 지금까지 이런저런 시도들을 해봤지만 생각만큼 피드백을 얻지 못한 모양이었다. 그러다 이번에 조급한 마음에 서둘러 또 뭔가를 준비하려다가 어떤 극심한 불안감에 휩싸여 신경정신과 신세까지 지게 된 것이었으니…….

참으로 어디서 많이 본 듯한 이야기이자 불과 육 개월 전의 내 모습과 너무도 똑같은 그 사연에, 나는 어쩐지 조금 아찔한 기분이 들었다. 왜냐하면 불과 한 달 전 내가 매장엘 들러 매니저인 그를 처음 알게 되었던 날, 그가 내게 건넨 어떤 말 때문에 지금의 내 이 자신감과 활기를 되찾을 수 있었다고 해도 과언은 아니었기 때문이다.

말

옷을 사는 일을 거듭하면서 처음에 가졌던 확신이나 기쁨이 조금씩 사그라들 무렵이었다. 처음엔 내게 없던 옷들이 차곡차곡 쌓인다는 생각에 뿌듯했는데 시간이 지나자 같은 옷을 중복해서 고르는 일이 반복되거나, 나만 이상하게 유행에서 동떨어진 옷들을 입는 것만 같아 스트레스를 받던 어느 날.

문제의 그 매니저가 있던 신사동의 편집 매장에 처음 들러서도 난 평소처럼 어떤 잠바 하나를 들고는 사야 할지 말아야 할지 결정을 하지 못하고 있었다. 왜냐하면 그때가 오버사이즈 유행의 끝물이던 때라 그럼 오버로 입어야 하는지 아님 정사이즈로 입어도 되는지 나로서는 도무지 판단할 수가 없는 거다. 고민 끝에 난

"저…… 오버사이즈가 아닌 옷은 입으면 안 되는 건가요?" 하는 멍청한 질문을 던졌고, 그런 황당한 질문에도 이래라 저래라 답을 주던 다른 매장의 매니저들과는 달리 그만은 유독 눈을 동그랗게 뜨며 내게 이렇게 말을 해주었던 것이다.

"손님. 그런 게 어딨어요. 손님이 입고 싶으신 대로 입으시면 되죠."

뜻밖이었다. 트렌디한 매장에서 그렇게 세련되게 옷을 차려입은 전문가에게서 그런 대답이 나올 줄은 몰랐기 때문에. 나는 그러니까, 너희들만 그렇게 멋진 것 입지 말고 나한테도 좀 너희들의 룰을 알려줘. 나 혼자 힘으로 하려니까 너무 힘들고 뭐가 뭔지 잘 모르겠어, 하는 뜻으로 물은 거였는데, 그는 그런 게 어딨냐고 하니 말이다. 그뒤 그가 덧붙인 말과 그의 태도 등을 보면 그건 결코 손님에게 성의 없이 건넨 의례적인 말이 아니었다.

"스키니를 입고 싶으시면 입고 정사이즈를 원하면 하시고 오버핏을 원하면 그러세요. 손님이 원하는 스타일, 입는 방식이 있으실 것 아니에요. 그 선에서 최선을 추구하는 게 언제나 베스트죠."

그러더니 그는 다른 손님들을 응대하기 위해 돌아서면서 '자기

께 있으신 분 같은데……' 하고 덧붙여 중얼거리는 것이었다.

그렇구나. 그냥 내가 입고 싶은 대로, 내 스타일대로 입으면 되는 거였구나. 그런데 왜 난 나는 모르는 세상의 방식이 있는 것만 같아 그걸 궁금해하고 나만 거기서 동떨어진 것 같아 소외감을 느끼고 그랬을까. 놀랍게도 그때 그 매니저의 대답을 듣기 전까지 난 어떤 옷을 보고도 그게 예쁜 건지 아닌지를 내 판단으로는 알 수가 없어서 항상 묻곤 했다.

이거 예쁜 거예요?

우습지 않은가. 옷이란 건 내 눈에 예뻐 보여야 하는데, 내 눈에 그러면 되는데, 그 판단을 남에게 묻고 있었으니 말이다. 그런 질문을 받아야 했던 직원들이 매번 약간은 당황해하던 이유를 이제는 조금 알 것 같았다.

손님. 그런 게 어딨어요. 손님이 입고 싶은 대로 입으시면 되죠.

그날 그 매니저의 한마디는 나로 하여금 오랫동안 잊고 있던 어떤 중요하지만 가장 기본적인 것을 떠올리게 했다. 생각해보니 난 원래부터 일생을 무슨 일을 하건 내 방식대로 하던 놈이었다. 나는 진작에 짝짝이 양말을 신으면서도 아무렇지 않아 했었고 음악을 할 때도 남들은 컴퓨터를 능숙하게 다루면서 온갖 첨단적인 프로그램과 장비로 곡을 만들 때 나는 어릴 적부터 쓰던 만원짜리 싸구려 워크맨을 가지고도 잘만 내 것을 만들던 사람이었다. 뒤처진다거나 미숙하다는 어떤 불안감이나 부끄러움 없이 오히려 그런 구식의 스타일로 나만의 것을 누구보다 잘 확실하게 만들어낼 수 있다는 자신감이 있던 사람이었다. 그렇게 장사도 하고 창작도 하고 다 했었다. 그런 내가 어쩌다가 이렇게 세상 눈치를 보게 된 것일까. 어쩌다가 글을 쓰면서도 지금 맞게 쓰고 있는 건지 정답이 없는 일에 고민을 하고, 어쩌다가 내 돈 주고 내가 입고 싶은 옷 하나 사는 데도 그토록 남의 눈치를 보면서 혼자 소외감을 느끼는 이런 지경에까지 이르게 된 것일까.

2019년 5월 16일

아직도 뭔가와 계속 싸우고 있다.
내가 원하는 게 뭔지 모르겠는 막막함과 싸우고
잘할 수 있을까 하는 두려움과 싸우고
잘한 것일까 하는 불안감과 싸우고
외로움과 싸우고
배고픔과 싸우고
귀찮음과 싸우고
후회와 싸운다.

그 외에도 허무와, 권태와, 무료함과……

요즘은

갑작스레 사들인 옷들이

정말 내게 필요한 건지

내가 원하는 게 바로 이거였는지

이게 이 돈을 쓸 가치가 있는 것인지

가끔은 도저히 모르겠는

확신을 갖지 못하는 데서 오는

괴로움과 싸우고 있다.

인생은 전쟁도 결투도 아닌데

왜 난 계속 나와 싸우고 있을까.

전환점

누구나 인생의 터닝 포인트라는 게 있을 것이다. 나에게는 그게 음악을 할 때도 글을 쓸 때도 아닌 바로 장사를 할 때 찾아왔다. 이천 년대 중반 와인을 팔 기회가 생겼는데 그땐 음악을 그만할 수만 있다면 뭐든지 할 생각이었기 때문에 주저 없이 그 일을 하기로 했다. 문제는 내가 그런 쪽에 일절 경험이 없었으므로 처음에는 주위의 권유에 따라 그 분야의 전문 컨설턴트라는 사람들을 만나 상담을 받게 되었다. 그런데 하나같이 내가 불과 한 이삼 일 매장 주변을 돌며 나름대로 조사하고 파악한 것과 반대의 이야기들을 하는 것이었다. 이를테면 그 동네의 인적이 밤 언제쯤 끊기는가 하는 문제에 대해 내 눈으로 직접 확인한 것과 달리 그들은 그저 세간의 통념을 그대로 전할 뿐이었다. 때문에 난 소위 그

요식업 컨설턴트라는 사람들의 전문성을 신뢰하기가 어려웠다. 그래서 그들에게 적지 않은 돈을 주고 평범하고 뻔한 가게를 차리느니 부족해도 한번 내 힘으로 부딪혀보기로 했다. 주위의 만류가 있었지만 결심을 고수한 결과 성적이 그리 나쁘지 않았다. 그때 내 나름대로 구축한 나만의 방식이란 게 통하는 걸 보면서, 나의 인생은 많이도 바뀌었다. 그게 인테리어가 됐든 요리가 됐든 다른 무엇이 됐든 어떤 일을 할 때 내가 옳다 싶은 방식으로 누가 뭐라든 밀어붙이는 게, 안 돼도 될 때까지 해보는 게 얼마나 중요한지를 절감한 덕분이었다. 그전까지는 막연하게 나는 모르는 세상의 룰이 있어서 그게 정답일 거라 믿고 찾아다녔다면, 그때부턴 나의 룰을 세상에 적용시켜가게 된 것이다.

그후 내가 겪은 어떤 사건으로 인해 피치 못하게 음악을 다시 하게 되었을 때, 가게를 하면서 깨달은 방식을 그대로 적용한 것이 다섯번째 앨범과 그다음에 낸 첫번째 책이었다. 그 두 개를 만들면서 나는 음악은 이렇게 만들어야 해, 책이란 건 이런 형식으로 이렇게 써야 해라는 세간의 방식에 완전히 초연한 채, 그저 내가 옳다고 믿는 대로, 더이상 할 수 있는 게 없다고 느껴질 때까지 작업에 임했다. 누구의 방해도 받지 않았으며 방해를 용납하지도 않았다. 그렇게 해야만 내 것이 나오고 그래야 성공이든 뭐든 노려볼 수 있다는 걸 알았으니까. 내 나이 서른여덟 즈음의 일이었다.

다시 말해 그후로 지금까지 나만의 방식이란 것을 흔들림 없이 밀고 올 수 있었던 건 글을 쓰고 음악을 만드는, 소위 말해 예술을 하던 과정 속의 깨달음 덕분이 아니었다. 장사를 하겠다고 나만의 방식으로 와인을 팔고 궁중떡볶이를 팔던, 그것도 아주 잘 팔던, 예쁘고 편안하고 독특한 공간으로 사랑받던, 다른 가겟집 사장과 길가에 내놓은 배너 간판의 자리 5센티를 가지고 아귀다툼을 벌이던, 순전히 그때의 경험 덕분이었다.

인정과 평가

물론 나만의 방식이라고 해서 언제나 통하는 것은 당연히 아닐 테다. 당시 난 와인 가게에 이은 앨범과 책의 연이은 성과로 자신감이 고조된 상태에서 나만의 방식을 과신하게 되었다. 그 결과 참으로 치기 어리게도 소설 한 권 변변히 읽지 않았으면서 장편소설 쓰기에 도전해 쓴맛을 보기도 했었다. 소설의 쓰기와 읽기에 대한 그 어떤 흥미나 경험도 학습도 없었지만 여지껏 그래왔듯 나만의 방식으로 돌파하면 된다는 생각이었고, 결과적으로 오만이었다. 덕분에 무려 사 년의 세월이 허공으로 허무하게 날아가버렸으니 말이다.

그렇다고 내 방식을 버려야 하나? 언젠가는 나도 창작자로서 낡고 뒤처지는 사람이 되는 날이 올 테지만 한두 번의 실패로 그런 결론을 내릴 수는 없는 노릇. 그뒤로도 내 방식을 고수한 결과 때로는 성공하고 때로는 실패를 기록하였는데, 문제는 그때그때의 성적표가 아니라 그 모든 일들이 내게 주는 의미였다.

세상의 인정과 평가를 받는다는 것의 의미. 성인이 되어 근 평생을 해온 그 일의 의미 말이다.

*

내가 세상에 창작자로서 데뷔한 건 지금으로부터 이십오 년 전인 1995년 봄이었다. 그때 나는 있지도 않은 그룹의 리더라고 치고 다니던 구라를 수습하기 위해 혼자서 뚝딱 만든 노래들을 친구의 도움을 받아 녹음했다. 그리고 그게 라디오에서 소개되었는데 반응이 생각보다 괜찮았다. 아마도 사람들의 그런 반응이 그뒤 수십 년간의 내 인생을 결정지어버렸던 건지도 모른다. 그때 만약 그 라디오를 들었던 사람들이 "뭐야 저 녀석. 그냥 장난이었잖아" 했더라면 내 성격상 다시 도전한다거나 그런 일은 없었을 테니까.

그후, 구라였던 밴드가 실제가 되어 정말로 앨범이란 형태로 세상 빛을 보게 되었는데 정작 그때의 세상의 반응은 내가 기대했던 것과는 또 달랐다. 한켠에서는 최초의 어쩌구 하는 수식어를 달아주며 호의적인 반응을 보이기도 했지만 또다른 많은 사람들이 그 안에 담긴 음악을 그저 풋풋해하거나 때로는 비난하고 조롱했다.

과거 힙합 서바이벌 프로그램인 〈언프리티 랩스타〉에서 래퍼 제시는 자신에게 낮은 점수를 준 동료들에게 '니네들이 뭔데 나를 평가하냐'며 분노한 적이 있다. 그것은 참 시원하고 멋진 한마디였지만 현실에서는 나를 평가한 사람들이 내 눈앞에 있지도 않고 그들에게 평가자로서의 자격 여부를 따질 수도 없다. 창작자란 세상천지 수많은 이들에게 온갖 다양한 종류의 평가를 자청해서 받는 사람들 아니던가. 누구라도 나를 평가할 수 있고 그 평가가 어떤 내용이든 감수할 수밖엔 없다.

그후로 이십여 년의 세월이 흘러 2018년. 이제는 음악도 그만두었고 책도 네번째 것을 내고 난 뒤, 나는 아예 다 그만하고 싶어졌다. 타인의 눈에 들고, 좋은 평가를 얻기 위해 사력을 다해야 하는 그 모든 일들을. 물론 지난 세월 동안 내가 오직 실패만 한 것은 아니었다. 내가 만든 음악과 글을 좋아해주는 사람들이 어딘가에 있었고, 이 일을 하면서 내 입에 풀칠하고 부모님 생활비도 대드릴 수 있었던 과분하고 감사한 시절을 보낸 것도 맞았으니까.

그러나 더이상은 직업적으로 매 순간 나를 증명해야만 하는 이 일을 감당할 자신이 없었다. 내가 만든 어떤 것을 세상에 던져 인정을 받고, 남의 눈에 들고, 코멘트를 받고, 누군가의 커트라인을 통과하고, 그래서 남의 지갑을 열게 하고, 가능한 오래도록 많은 지지를 이끌어내려 노력하는 것. 그렇지 못해서 때로는 혹독한 악평에 시달리기도 하고, 때로는 오해도 받고, 원하는 것을 이루지 못해 좌절하기도 했던, 내가 성인이 되어 평생 해온 그 일들을.

혹 누가 내게, 수십 년을 해왔으면서 아직도 그런 것에 그렇게 초연하지 못하고 연연해하느냐, 손가락질해도 할 수 없었다. 다른 이들은 그게 적응과 단련이란 게 되는가본데 나는 그게 안 되는 것을 어쩌겠는가? 나는 세상이라는 시험대에 서서 승패의 여부를 기다리는 이 피 말리는 일을 이젠 그만하고 싶다는 생각밖엔 들지 않는 것을.

그렇게 받은 스트레스와 상처를 회복한다고 신경정신과엘 가고 차를 사네 옷을 사네 나를 칭찬해주네 하며 갖은 애를 쓰다 신사동의 어느 의류 편집매장에까지 흘러오게 된 것이 아니었던가. 그곳에 불과 한 달 전만 해도 생면부지였던, 나와는 그저 물건을 사고파는 관계에 불과했던 어떤 사람이 있었고 말이다. 그런데 그가, 비록 분야는 다르지만 세상의 인정과 평가를 희구한다는 측면에서는 나와 동일한 일을 하고 있다는 것을 알았을 때, 이제 막 출발선에 서서 기대와 두려움에 차 있는 한 창작자를 보는 내 심정이 어땠을까. 그것은 한없는 연대감과 연민, 하여간에 만감이 교차한다고밖엔 달리 표현할 길이 없는 것이었다.

왜냐하면 불과 한 달 전만 해도 '당신 자신만의 방식'을 이야기하며 내게 자신감을 불어넣던 사람이, 지금은 어찌된 영문인지 마치 서로의 멘탈을 바꾸기라도 한 양 내 앞에서 홀로 두려움에 떨고 있는 모습을 보면서, 나는 남의 평가와 인정을 받는다는 게 대체 무엇인지 새삼 생각해보지 않을 수 없었던 것이다. 그게 뭐길래 그토록 차갑고 단단하던 사람이 저렇게 무너져버릴 수가 있는 것인지에 대해.

참 신기하죠.

내 고민엔 갈피를 못 잡고 허우적대면서

남의 고민을 들으면 해답이 너무도 선명히 보이고,

내 집 대청소를 할 땐 어디서부터 어떻게 해야 할지 막막하기만 한데

남이 집 정리하는 거 도와주러 가면

너는 어떻게 그렇게 정리를 잘하냐는 소리를 들으니 말이에요.

_『우리가 보낸 가장 긴 밤』(2018) 중에서

6월 　 인정과 평가

증명

1.

인간은 다양한 목적과 이유에서 타인의 인정을 필요로 하며 살아간다. 식당 주인이 손님들의 입맛이라는 허들을 넘어야 하듯 생존과 생계를 위해 피할 수 없는 경우도 있고, 인정 욕구라는 욕망을 채우기 위해 스스로 남의 인정을 갈구하기도 한다. 때로는 타인과 사회가 그것을 요구하기도 하며, 심지어는 주변 사람들에 의해 소위 평판이라는 이름으로 원치 않는 점수가 매겨지기도 한다. 내 집안 내 학벌 내 외모 성격 직업 행위 등 오만 것에 대해.

여기, 비록 작품 속 허구의 인물이긴 하지만 그런 타인과 세상의 집요한 인정 요구를 거부한 히어로가 있었으니 바로 캡틴 마블이 그 주인공이다.

마블은 사고로 기억을 잃은 뒤 자신이 누구인지 잊은 채 선배이자 멘토인 주드 로(욘-로그 역)에게 모든 것을 통제받는다. 주드 로는 마블에게 '뛰어난 전사가 되기 위해서는 감정을 억누르고 오직 이성으로 싸워야 함'을 강조하는데 왜 그런지는 설명을 해주지 않는다. 마블은 뭔가 이상하다고 느끼면서도 선배를 믿었기에 자신의 힘을 깨달을 기회를 얻지 못한 채 번번이 그의 울타리에서 벗어나지 못한다. 그러던 어느 날 마블은 홀로 세상에 나가 직접 싸우고 부딪치면서 자신이 누구인지 자신의 힘이 얼마나 무한한지 깨닫게 된다. 그후 다시금 맞닥뜨리게 되는 두 사람. 마블이 자기가 누구인지 알아버렸다는 사실에 다급해진 주드 로는 또다시 마블에게 초능력을 쓰지 말고 맨몸으로 자기와 붙어야 한다는 둥 그래야 진짜 실력이라는 둥 근거 없는 말로 도발하지만…… 더는 그런 수작에 넘어가지 않게 된 마블은 쓰면 안 되다던 광선 파를 아랑곳없이 옛 선배에게 날리며 이렇게 말한다.

"나는 너에게 (더이상) 증명할 것이 없어."

2.
물론 세상을 살면서 자신을 증명해야 할 순간들은 많다. 나 같은 창작자들은 내가 만든 결과물로 대중에게 끊임없이 증명을 해보여야 하고 회사원은 회사에 자신의 능력을, 꽃집 주인은 손님들에게 감각을 증명해보여야만 한다. 그래야 선택받고 먹고살 수 있으니까.

그러나 세상에는 이렇게 어쩔 수 없이 넘어야만 하는 인정의 허들 외에도 수없이 많은 불필요하고 억압적인 증명이라는 이름의 장애물이 존재한다. 주드 로가 마블에게 요구한 것들만 해도 그렇다. 그는 아마 캡틴 마블이 무엇을 보여주든 계속해서 더 큰 증명을 요구했을 것이다. 1을 보여주면 2를 보여달라 했을 것이고 그래서 2를 보여주면 다시 3을 요구하는 식으로 말이다. 애초부터 주드 로는 마블의 능력을 알고 싶었던 게 아니라 단지 그를 억압하고 통제하려 했을 뿐인지도 모른다.

물론 지구를 반으로 쪼갤 수도 있을 만큼 엄청난 힘을 지닌 캡틴 마블이나 슈퍼맨 같은 히어로들도 타인의 증명 요구들로부터 결코 완벽히 자유로울 수는 없다. 하느님조차 자기를 믿고 따르는 신도들로부터 언제나 능력을 보여달라는 요청을 받지 않는가. 타인뿐만이 아니다. 사람은 자기 자신에게조차 스스로를 증명해야 할 순간들이 살아 있는 한 계속되기에 오늘도 많은 이들이 뭔가를 증명하기 위해 애쓰며 살고 있다.

그러므로 주드 로에 대한 캡틴 마블의 일갈은 누구에게 어떤 증명도 필요치 않다는 뜻이 아니라 정당하지 않고 무가치한 증명을 요구받는 일에는 더이상 얽매이지 않겠다는 선언일 것이다.

3.

우리가 살아가는 세상에도 여러 가지 형태의 주드 로들이 있다. 때로는 스스로 마음속에 주드 로를 만들어 자신을 억압하는 사람들도 있다. 나를 증명해보여야 해. 세상으로부터 인정받아야만 해. 물론 그조차도 사회적 억압의 일환일 수 있지만 나는 살아오면서 가장 아깝고 무가치했던 시간들이 나를 인정하지 않으려는 사람들에게 인정받기 위해 노력하거나 사람들의 나에 대한 인식을 바꾸려 애를 쓰던 순간들이었다. 왜냐하면 사람은 타인에 대해 생각보다 너무 쉽게 결론을 내리고 여간해서는 그 판단을 바꾸지 않기 때문이다.

와인을 팔던 때의 일이다. 경험이 없던 내가 전문가들의 도움을 받지 않고 가게를 시작하자, 육 개월을 못 넘길 거다 예상한 사람이 있었다. 문을 열기 전 내게 상담을 해주었던 컨설턴트 중 한 분이었다. 그런데 내가 육 개월을 넘기자 그는 자신의 판단을 바꿨을까? 아니. 또다른 허들을 세웠을 뿐이다. 이석원은 음악을 하니까 처음에는 팬들이 찾아줘서 버틸 수 있겠지만 일 년은 넘기지 못할 거라고. 많은 연예인들이 그래서 망한다고. 그렇다면 전문가라면서 애초에 왜 그 부분을 예상하지 못했던 건지 난 의아했지만 아무튼 그는 그뒤로 내가 일 년을 넘기자 그때도 자신의 오판을 인정하지 않았다. 또다른 이유를 대며 내게 새로운 증명을 요구했을 뿐. 주드 로가 마블에게 그랬던 것처럼 말이다.

살다보면 누구든 비슷한 경험을 해본 적이 있을 것이다. 1을 보여주니 누군가 나타나서는 2도 해봐 하고, 그래서 2를 내놓으면 또 3을 요구받는 상황 같은 경우 말이다. 그들이 무슨 자격으로 내게 그런 증명을 요구했는지 생각하면 부아가 치밀어오르지만, 한편으로는 어쩌면 아무도 내게 그런 증명 따위 요구하지 않았는데 나 혼자 지레 발끈해서 애를 쓴 것은 아닐까 하는 생각도 든다. 시간이 흐른 뒤의 얘기지만, 나의 실패를 예견했던 그 사람은 정작 자기가 그런 예측을 했던 것도 잊고 있었다는 사실을 알았을 때 얼마나 허탈했던가.

생각해보면 우리는 서로서로 비단 능력뿐만이 아니라 용모와 개성, 인간됨, 성격, 취향 등 극히 개인적인 면에 대해서도 끊임없이 서로를 평가하고 또 평가당하면서 살아간다. 나 역시 나도 모르게 누군가를 평가하는 심사위원이 된 적도 많았을 것이다. 문제는 이런 일들이, 타인을 평가한다는 것의 정당성 여부를 떠나 그

자체로 사람의 내면에 너무나 강력하고 직접적으로 영향을 준다
는 점이다.

중요한 건 내 편을 만드는 거지

나를 믿지 않고 인정하지 않는 사람들의

마음을 바꾸려 애쓰는 게 아니라는 것.

언제나

오직 나를 위해

사랑하는 사람들을 믿고 앞으로 나아가야 한다는 것.

평가

나는 내가 만든 것들을 세상에 내놓고 불특정 다수로부터 다양한 평가를 받는 일에 오래전부터 노출되어왔다. 그렇기에 이런 문제들에 대해 남들보다 좀더 민감하게 반응할 기회가 많았다. 어떨 때는 한 번 신경을 쓰기 시작하면 한없이 쓰이다못해 거의 스스로를 잃게 되는 지경에까지 이르는 상황을 겪기도 하면서, 왜 인간은 타인의 시선에 이렇게까지 휘둘리는 것인지, 어째서 남의 백마디 칭찬보다 한마디 부정적인 말이 그 모든 다른 긍정적인 말들을 압도하며 지워버리는 것인지 알 수 없었다. 그러다보니 내게 이렇게나 큰 영향을 미치는 타인이란 존재가 내게 주는 의미를 생각하게 되고, 그들이 내게 보내는 시선이나 평가 같은 것들을 제대로 받아들이고 소화하는 것이 살아가는 데 무척 중요하다는 생각을 하게 되었다. 그것은 남의 인정 없이는 살아가기 어려운 한 인간으로서, 한편으론 부작용 또한 큰 그 일에 필요 이상으로 휘둘리지 말자는 의지에 다름 아니었다. 남이 뭐라든 자기 내면의 중심을 잡고 건강히 살아가고자 하는 마음 말이다.

언젠가, SNS에 얼굴 사진 한 장을 올렸을 뿐인데 검은 동자 흰 동자의 비율과 위치까지 지적을 받은 적이 있다. 수많은 사람들이 자신을 내보이는 동시에 서로서로 남에 대한 평가와 지적 또한 무차별적으로 이뤄지는 세상에서, 그런 타인의 평가에 대해 건강히 대처할 수 있는 지침 하나 갖고 있지 않다면 우린 그로 인해 언제고 탈이 날지 모른다. 물론 그러한 지침의 의미는 그저 자신을 지키고자 하는 것만이 아닌, 어차피 살면서 피할 수 없는 일에 가능한 건강한 가치를 부여하기 위함이기도 하다. 듣기 좋은 말만 듣겠다는 단순한 접근으로는 진정으로 나를 위한 지침, 즉 매뉴얼을 만들 수 없다는 것이다.

그렇다면 어떤 평가를 받아들이고 어떤 평가는 거를 것이며, 내 정신 건강을 지키면서도 나의 건강한 발전을 꾀하려면 어떻게 해야 할까.

근 삼십 년간 대중 앞에 서온 사람으로서, 또 가족 친구 주변 지

인들을 관객으로 두고 오십 년 가까이 살아온 한 개인으로서, 수
많은 오류와 수정의 과정을 거쳐 내가 마련한 지침은 이렇다.

이석원의 인정 매뉴얼

1. 인정받는 자체가 목적이 되어서는 안 된다.

인정은 수단이지 목적이 아니라는 점을 분명히 인식할 것. 그러므로 인정 욕구는 원하는 만큼이 아닌 필요한 만큼만 발현해야 한다. 그렇지 않으면 막연하게 온 세상에 나를 보여주겠다는 식의 인정 욕구의 노예가 될 수도 있다.

2. 나를 평가해줄 사람은 내가 고른다. (나의 청중은 내가 선택할 것.)

지인으로부터 아이가 의대 진학에 실패했다고 모임에 불참했다는 한 사람의 이야기를 들었다. 본인이야 나름 분하고 면이 서지 않아 그랬는지 모르겠지만 사람들은 남의 자식 일에 그렇게 큰 관심이 없다. 앞에서야 어떻게 표현을 하든, 그게 내 자식과 설령 비교되는 상황이라 해도, 헤어져 각자의 집으로 돌아가면 본인의 잡다한 일상사 앞에 다 잊고 만다. 결국 자랑스러워하는 것도 수치스러워하는 것도 자기 혼자만의 일일 뿐이라는 것.

놀랍게도 우리나라 사람들은 대입 문제 등에 있어서 곧잘 가족이나 가까운 친지들을 관객으로 두는 경우가 많다. 내가, 내 자식이, 어디어디쯤은 가야 그들에게 뭔가 보여줄 수 있다는 식으로 말이다. 한데 정작 자기도 모르게 관객이 되어버린 가족 친지들이, 본인 생각만큼 그렇게 남이 어느 대학을 가는지에 대해 관심이 없다면, 그 모든 노력이 조금은 민망하지 않을까.

나로 말하면 내가 속한 분야에서 나름대로 열심히 일했고 성과도 있었지만 단지 그 사실을 남들이 모른다는 이유로 마음속 부침을 겪은 적이 있었다. 나는 이만큼 했는데, 나도 내 구역에 가면 나름 존중받는 사람인데 왜 사람들은 그걸 몰라줄까. 특히 내 가족이나 친척 친구 등 가까운 사람들일수록 오히려 더 그래서 속이 타고 억울하기도 했다. 나도 다른 작가들처럼 방송에 나가서 나를 알리고 내 성과를 자랑한다면 문제는 달라질 수 있을지도 모르지만, 난 카메라 앞에 서는 것을 좋아하지 않고 그런 나를 괴롭히면서까지 나를 알리고 싶지는 않았다.

2016년도의 일이다. 좀 유치한 얘기지만 그때 태어나서 처음으로 베스트셀러 1위를 기록하던 중이었는데, 마침 집에 놀러온 친척 어른이 내 손을 잡더니 이런 말씀을 하시는 거다. 아우 난 우리 석원이 시원하게 뜨는 거 한번 봤으면 좋겠다고. 그분은 덕담이랍시고 하신 말씀이었겠지만 그 말을 들으며 난 그런 생각이 들었다. 1등을 했는데 뭘 더 어떻게 해야 이런 소리를 안 들을 수 있지? 난 그때부터 내가 티브이에 나가 전 국민이 알 정도로 유명해져야만 내가 무엇을 하고 사는지 알 수 있는 사람들에게 인정받고 싶은 마음이 사라졌다. 음악을 할 때, 내가 지하 클럽에서 관객 한 열 명 놓고 공연하며 사는 줄 알던 대기업 다니는 내 친구들이나, 내가 (당연히) 백수인 줄 알고 직장을 소개시켜주시려던 친척 아저씨에게, 더이상 그들이 알고 있는 나에 대해 정정해주고 싶은 마음이 사라졌다. 왜. 나는 모든 사람들에게 인정받기보다는 내 청중을 분명히 선택했고, 그에 따르면 이들은 더이상 나의 관객이 아니기 때문이었다. 단 한 번도 나라는 극장에 표를 사서 들어와 본 적도 없는 사람들이 밖에서 날 어찌 생각하든 신경쓸 이유는 없지 않은가.

나는 그때부터 그들보다 훨씬 더 나와 내가 하는 일에 관심을 가져줄 사람들, 세상 어딘가에 존재하는 바로 그들에게 나의 관심과 노력을 집중하기로, 그들에게만 내 눈물과 땀을 쏟기로 했다.

그 외의 어떤 사람들이 날 어찌 생각하든 신경쓰지 않기로 한 것이다. 이를테면 내 생사여탈권을 쥐고 날 낙오시킬지 거두어줄지를 결정할 독자들. 그들이야말로 내게 증명하길 요구하고 날 채점할 자격이 있는 사람들 아니겠는가? 나는 바로 그들에게 내 모든 인정 욕구를 집중하게 되었고 그때부터 나의 마음의 불필요한 짐들은 상당 부분 덜어졌다. 물론 그래서 내가 선택한 이들에게 인정을 받느냐 못 받느냐 하는 문제는 또다른 차원의 얘기일 테지만 말이다.

다시 한번 정리하면 무작정 모든 사람들에게 인정받고 잘 보이겠다는 생각을 하지 말자는 것이다. 특히 창작자들은 직업적 특성상 이런 욕망을 갖기 쉬운데, 세상 모든 이들이 날 모른다고 해서 실망하지 말고, 누가 나의 진짜 청중인지, 누가 나를 제대로 보아줄 사람인지를 살피고 결정하면 좋겠다. 상처를 받아도 그들에게 받고 관심을 구해도 그들에게 구하라는 것.

그것은 인생에서 불필요한 감정과 수고를 덜어주게 된 소중한 깨달음이었다.

사람은 남의 삶에 굉장히 관심이 많은 것 같지만

자기 문제가 아닌 한 대체로 곧 잊어먹고 만다.

3. 타인의 평가는 내가 재평가한다.

우리는 사회적 동물이라서 타인이 자신에 대해 뭔가 이야기를 하고 평가를 하면 거기에 영향을 받을 수밖에 없게끔 머릿속이 세팅되어 있다. 본능적이고도 반사적으로 말이다. 그러나 그중에는 신경쓸 가치가 없는 것들도 정말 많아서, 그로 인해 받을 불필요한 데미지를 최소화하기 위해서는, 그 평가가 귀담아들을 만한 것인지 흘려듣고 말 것인지 등을 구분하는 일이 매우 중요하다. 그러기 위해서 나를 평가하는 사람과 그의 평가를 나 역시 평가해야 한다. 그가 나를 평가할 자격이 있는지, 그의 판단과 안목이 내가 신경쓰고 귀담아들을 가치가 있는 수준(내용)인지, 아닌지를 나도 따져보는 것이다.

자격이라고는 했지만 무슨 거창한 기준을 들이대는 것은 아니다. 평가에 개인적인 감정이나 선입견이 들어가 있지는 않은지(원래부터 나를 싫어한다거나) 한마디 말과 행동으로 인생 전체를 평가하는 등 부실한 근거로 섣부른 평가를 하는 사람은 아닌지 등을 살피면서 그 평가의 질을 따져보는 것이다. 그래야 누가 내게 높은 점수를 주건 낙제점을 주건 그 점수가 나름의 객관성과 의미를 가질 수 있기 때문에.

몇 가지 예를 들어보겠다.

3-1.

너의 외모를 평가하는 사람의 외모를 평가하라.

초등학교 3학년 때의 일이다. 못생긴 걸로는 전교에서 5등 안에 드는 어떤 남자아이가 뜬금없이 내 앞에 오더니 석원이 너는 광대가 발달해서 미남은 될 수 없겠다고 자기 코를 파면서 말을 하는 것이었다. 그때나 지금이나 나는 무식해서 당시 광대가 정확히 어디를 말하는 것인지를 몰라 그 당장엔 뭐라 대응을 하지 못했다. 나중에 알고 보니 내 얼굴은 만주벌판처럼 크고 넓적할지언정 광대는 조금도 나와 있지 않았기 때문에 시간이 수십 년 흘렀어도 난 녀석이 그런 헛소리를 했을 때 '아이고 이놈아 니 얼굴이나 신경쓰라'고 해주지 못한 게 아직도 가끔은 분한 거다. 지금에 와서 돌이켜보건대 그애는 심지어 본인의 광대뼈가 돌출해 있던 축이었으니 그런 애가 하는 남의 얼굴, 그것도 다른 데도 아닌 광대에 대한 평가 따위에 신경을 쓸 필요는 없었던 것이다(평가자의 자격에 대한 평가). 또한 광대뼈가 어디 무엇인지도 모르고 남을 지적하는 그 평가의 내용 또한 빵점짜리였으니 (평가의 내용에 대한 평가) 수십 년 전 어릴 적의 내가 지금의 매뉴얼을 갖고 있었더라면, 비록 잠깐이었지만 타인의 평가에 그렇게 불필요한 데미지를 받지는 않았을 것이다. 공연한 남의 지적질을 듣고 거울을 보며 내 광대가 어디인가 궁금해하는 일도 없었을 것이고.

그런데 만약 그애의 외모가 나보다 준수했다면, 그럼 그애는 남의 외모를 가지고 이러쿵저러쿵해도 되고 나는 그걸 받아들여야 했을까. 물론 그렇지는 않다. 본인이 어떻게 생겼든 남의 외모를 평가하는 일은 누구든 간에 하면 안 된다. 그게 적어도 지금 시대의 세상의 합의이자 윤리이다. 다만 현실은 그렇지가 못해서 여전히 사람들은 자신의 것이든 남의 것이든 외모에 대해 너무 관심들이 많고 따라서 너무나 많은 평가들이 변함없이 이루어지고 있다. 그래서 언제든 남들로부터 불의의 일격을 당할 수 있기에, 그랬을 때 나를 지키는 법에 대한 이야기를 하고 있는 것이다.

그럼 소위 말해 좀 생겼다는 애들이 나의 외모를 평가하면 그럴 땐 어떻게 해야 할까. 솔직히 나는 이 부분에 대해서는 답을 갖고 있지 않다. 왜냐하면 아주 지극히 개인적인 경험으로 봤을 때 소위 말해 얼굴이 좀 된다는 애들이 남의 외모를 가지고 이러쿵저러쿵하는 일을 잘 본 적이 없기 때문이다. 본인의 인물이 잘났기 때문에 그 문제에 대해 별로 깊이 생각하지 않는 것인지 내가 거기까지는 잘 모르겠다. 다만 언젠가 그런 일을 당한다면…… 부정할 수 없이 외모가 잘난 사람이 내 앞에서 내 외모를 논하는 날이 온다면…… 그런 상황을 겪어본 다음 그 대처법을 새로이 매뉴얼에 올리겠다. 그럴 일이 없기를 바라지만.

3-2.

뭐가 됐든 너를 평가하는 사람을 평가하라.

이 지침은 개인적인 영역이든 공적인 영역이든 가리지 않고 적용된다. 작가로서 수많은 평가에 직면하게 되는 나를 예로 들어보자면 독자의 평가에 대해 그가 날 평가할 만한 사람인지 아닌지 따져보는 것은 오만하게 비칠 수도 있는 일일 테다. 하지만 이건 어디까지나 대외용이 아니라 철저한 내면용, 즉 내 정신건강과 결부되는 일이므로 나로서는 정당성을 갖는다. 그래야 불필요한 마음의 상처를 줄이고, 내게 약이 될 만한 쓴 소리를 가려 흡수할 수 있기 때문에. (솔직히 말하면 나도 살아야 하기 때문에.)

가령 누가 내 글을 보고 이걸 글이라고 썼어?라고 했을 때 그 이유와 근거, 또 그런 말을 할 만한 사람인지 등을 따져보는 일은 중요하다. 안 그러면 공연한 상처를 받을 수도 있으니까. 반복해서 말하지만 이것은 일격을 당한 사람의 반사적 행동이나 감정적 대응이 아니라 불필요한 데미지를 줄이고 더 나은 사람으로 발전하기 위한 건강하고도 건조한 행위이다. 나는 보통 그럴 때 내게 빵점을 준 사람이 칭찬한 다른 작가를 본다. 그런데 그의 리스트에 내가 이걸 글이라고 썼나 싶은 작가가 있다면 나는 아무 데미지 없이 그냥 넘어갈 수 있다. 이런 작가를 좋아하다니 세상에, 날 평가할 자격조차 없는 사람이야, 하고 여겨서가 아니라 우리는 서로 맞지 않는 사람이라고 판단하기 때문이다. 누구의 잘못도 아닌 어긋남일 뿐이라는 것.

한번은 이런 경우도 있었다. 사람과 사람의 만남을 다룬 나의 책 『언제 들어도 좋은 말』이 나왔을 때, 나의 음악은 좋아하나 내 글은 인정할 수 없었던 어떤 자칭 문학청년이 블로그에 찾아와 글을 남긴 적이 있었다. 그는 말하길, 당신의 이번 책은 자기가 볼 때 결코 잘 쓴 글이라 할 수가 없으며, 단지 작가가 개성이 있어서 책이 팔리는 것뿐이라고 했다. 나는 그 말이 조금 의아해 그에게 답했다. 사람이 자기 개성을 삼백 페이지짜리 책 한 권으로 전달할 수 있다면 그게 바로 글을 잘 쓰는 것 아니겠냐고. 다음날, 그는 더는 대꾸 없이 자신이 썼던 글을 지웠다.

어떤 글이 잘 쓴 글인가에 대한 기준은 각자 다르다. 그러나 최소한 나는 그가 문학청년임을 자부한 데 반해, 안타깝게도 글에 대한 이해가 부족한 사람이라고 느꼈다. 그게 그의 평가 내용에 드러나 있었기 때문에. (물론 이 역시 나의 판단일 뿐이다.)

우리는 살아가면서 수없이 남을 평가하고 그때마다 자신이 일종의 심사위원이 되었다고 생각하지만 남을 평가한다는 건 사실 자신을 드러내는 일이기도 하다는 걸 많이들 잊고 산다.

그래서

1.

그밖에도 이 인정과 평가의 영역은 그 중요도가 너무도 큰 만큼 하나만 더 살펴보면,

* 부정적인 평가에 가산점을 주는 우를 범하지 말 것.

사람은 본래 부정적인 것에 훨씬 더 크게 반응을 하게끔 머릿속이 세팅되어 있다. 그래서 우리는 긍정적인 평가든 부정적인 평가든 공히 한 표씩이라는 점을 자주 잊곤 한다. 나는 이 점이 정말 신기할 정도인데, 가령 어떤 신제품이 나왔다고 치자. 자동차도 좋고 아이티 관련 기기도 좋겠다. 기다렸던 소비자들은 제품의

디자인과 성능 등에 대해 각자 나름대로의 점수를 주기 마련이다. 그럴 때 그 제품이 전체적으로 어떤 평가를 받는가에 대한 사람들의 판단이라는 게 희한하다고 할까. 왜냐하면 만약 그 제품에 만족하는 사람이 열 명인데 한두 명이라도 부정적인 평을 하면 그럴 때 그 제품을 '호불호가 갈린다'고 여기는 사람들이 상당히 많다는 것이다. 이상하지 않은가? 호불호가 갈린다는 건 보통 긍정과 부정의 비율이 5:5거나 6:4 정도로 대등할 때를 말하는 거지 8:2나 9:1을 가지고 뭔가가 갈린다고 하지는 않는다. 그럴 땐 차라리 압도적이라고 하는 게 더 맞는 표현일 텐데 말이다. 그런데도 사람들은 왜 곧잘 그렇게 인식을 하게 되는 걸까. 그만큼 사람에게는 부정적인 의견이라는 게 다른 긍정적인 의견들을 지워버릴 만큼 압도적으로 받아들여지기 때문이리라.

*

작년 연말. 나는 내가 그렇게 힘들어하던 때로 돌아가 이 매뉴얼을 적용했더라면, 그래서 조금의 부정적인 반응이나 상황들이 다른 모든 긍정적인 요소들을 잡아먹도록 내버려두지 않았더라면, 상태가 이렇게까지 악화되지는 않았을 거라 생각했다. 그런데 기억을 더듬어보니 난 그때도 이미 이 매뉴얼들을 적용하고 있었다. 그것도 필사적으로.

출간 후 책의 판매 성적이 시원치 않을 때에도, 나는 십 년 전 반응이 늦게 왔던 첫 책의 경험을 떠올리며 나를 다독였다. 미리부터 실망하지 말자고. 구백구십구 명의 지지는 잊은 채 한두 명의 부정적인 반응에 휘둘리는 우도 범하지 말자고 다짐했었다. 그러나 안다고 해서 실천이 되는 건 아니라는 게 문제였다고 할까.

어째서 그간의 경험들이 반면교사가 되지 못했을까. 물론 매뉴얼이라는 게 만능은 아니다. 어떤 일에 신경을 쓰지 말아야 한다고 해서 그럴 수 있다면 인생이 얼마나 간편할까. 그렇지만 이 평가와 인정의 문제만큼은 너무나도 중요하고 또 살면서 언제든 겪을 수 있는 일이기에 고민하던 중, 나는 어떤 유명한 작가의 나로서는 나름 충격적인 인터뷰를 보게 된다.

2.
그는 한 독자가 무려 십오 년 전 남긴 별로 좋지 않은 평가를 아직도 기억하고 있다고 했다. 그러면서 타인의 부정적인 메시지가 자신을 지배할 것을 알기에 사람들의 반응을 일부러 보지 않는다고도 했다. 경력이 오래된 중견 작가였고 지금은 스타가 되었으며 필치와 심지 모두 적어도 겉으로 보기에는 굳건한 사람이었다. 그런 사람조차 그토록 두려워하고 경계하는 것이 자신에 대한 타인의 반응인 것을. 어째서 나는 그걸 별것 아닌 일로 치부하려 들고 내 의지로 극복해야만 한다고 생각했을까. 어째서 나는 그 모든 것에 의연하지 못했던 날 원망하고 비난했을까. 또 한번 나는, 내가 못나고 약한 탓이라며 내게로 원인을 돌린 거다.

나는 남의 살아온 이야기를 접하는 걸 좋아한다. 아무리 훌륭한 사람이라도 나와 비슷한 허물이 있고, 때로는 약한 모습을 보일 때도 있다는 사실을 알게 되면 내 자신에게 좀더 관대해질 수 있기 때문이다. 그 작가는 큰 성공을 거둔 지금도 실패란 얼마나 사람을 힘들게 하는지 그 앞에서 인간은 얼마나 나약한 존재인지에 대해 이야기하고 있었다. 그걸 보면서 나는 실패 앞의 내 많은 두려움과 나약함 역시 나만의 것은 아니었다는 걸, 그것은 결코 의지와 노력에 국한된 문제는 아니라는 걸 알았다.

하여 매뉴얼은 완벽하지 않으며 언제든 수정될 수 있는 것. 그렇게 완성되어가는 것. 나는 그 작가의 인터뷰를 보고 난 즉시 그 많은 내 매뉴얼의 인정과 평가 항목에 다음과 같은 내용을 추가했다.

'언젠가 또 새 작품을 발표했을 때, 성적이 내 맘 같지 않은 상황이 와도 실망을 하든 무너지든 나를 탓하고 비난하는 일만은 하지 말자고. 내가 할 수 있는 건 작품을 세상에 내놓기 전에 다 했으

니 그뒤에 벌어지는 일들에 대해서는 내게 더이상의 책임을 지우려 하지는 말자고.'

3.

만약 내가 지난 연말부터 지금까지의 시간들을 겪지 않았더라면, 난 아마 그 편집숍 매니저의 공감을 얻지도 친구가 되지도 못했을 거다. 무턱대고 뭐든 다 잘될 거니까 아무 걱정하지 말라는 식의 얄팍한 말들에 기댈 정도로 힘들었던 그가, 심지어 나에게까지 조언을 요청한 적이 있었다. 그때 내가 만약

너무 그렇게 사람들 반응 같은 거 신경쓰지 마시라. 자신을 믿고 한번 더 도전해보시라.

라고 했더라면 어땠을까. 그의 모든 주위 사람들과 그 자신은 물론 심지어 나 역시 나에게 늘 하던 그 뻔한 말을 고대로 해주었더라면 말이다.

그건 마치

여러분 모두 합격하세요, 처럼

듣기에는 좋으나 성립하기는 불가능한 말이었을 것이다. 그래서 또하나의 하나마나 한 말들이 되었겠지. 신경이 쓰여죽겠어서 병원에까지 다니고 있는데 신경쓰지 말라는 말이, 나를 도무지 믿을 수가 없는데 믿으라는 말이 다 무슨 소용일까.

그러나 마음에 진물이 날 때까지 자기 탓을 해온 사람에게 필요한 것이 무엇인지를 마침 너무나 잘 알았던 나는, 그 또한 틀림없이 모든 것을 자기 탓으로 돌리며 자책하고 힘들어했으리라 짐작하면서, 나 역시 얼마 전에 깨달은 그것을 말해주었다.

당신 잘못이 아니라고.

당신이 두려워하고 실망하고 낙담하다못해 심지어 세상을 저주한다 해도 그건 당신 잘못이 아니라고.

십 년 전 나는 첫 책을 내고 반응이 없어 그렇게 낙담했던 게 내가 미성숙하고 쿨하지 못해서 그런 거라고만 생각했다. 십 년이 흘렀어도 나아지지 않은 모습에 더 실망하고 자책했던 것도 그 때문이었다. 하지만 과연, 그것들이 내 개인적인 의지와 상관이 있는 문제였던가? 거절은, 실패란 건 아무리 나이가 들고 경험이 쌓여도 몇 번이고 사람을 좌절케 하고 무너지게도 할 수 있는 것이었는데 말이다.

그러니 나는 이제 어느 정도 회복했고 언젠가 다시 또 그 인정의 무대에 설 텐데, 그때 가서 결과가 좋지 않아 또 무너진다 한들, 그걸 아무렇지도 않은 듯 이겨내는 것이 성숙의 척도인 양 여기지는 않을 거라고, 나는 그에게 말해주었다. 실패는 언제나 힘든 거니까. 힘들고 비참하고 눈물 나고 그러는 거니까. 그리고 마음껏 힘들어할 거라고 말해주었다. 그래도 그건 내 탓이 아니라고, 나는 그리 생각한다고.

그랬더니 오히려 마음이 조금은 가벼워졌다는 나의 말에 그는 말없이 고개를 끄덕였다. 한 달 전, 그가 내게 '당신 자신의 방식대로 하라' 말해주었던 것이 내게 얼마나 큰 힘이 되었던가. 그렇게, 누군가에게 힘이 되고 위로가 되어줄 수 있는 말을 해줄 수 있어서 나 역시 기분이 좋았다. 그렇게나마 빚을 갚을 수 있어서. 나도 누군가에게 뭔가 해줄 수 있어서.

나의 위로는 너로, 너의 위로는 나로.

역시 위로란 품앗이해야만 하는 것일까?

며칠 후, 또 이렇게 새 매뉴얼을 추가해가며 여느 때처럼 더 나은 하루를 보내기 위해 애쓰고 있을 때, 출판사에서 연락이 왔다.

— 작가님 『우리가 보낸 가장 긴 밤』 중쇄 들어가요.

아. 망해서 사라져버린 줄만 알았던 내 책이, 내 새끼가 서점에서 아직 사라지지 않고 있었구나. 내 전작들이나 다른 잘난 베스트셀러들처럼은 아니지만, 너무도 빨리 책의 결론이 나버리는 요즘의 출판 시장에서, 녀석은 반년이 지난 아직까지도 꿋꿋이 서점의 판매대 어느 모퉁이 한곳을 차지하고선 사람들에게 끈질기게 선택을 받고 있었던 거다.

난 그날의 작은 기쁨을 일기장에 기록하며 거봐 실망하지 않고 기다렸으면 됐잖아, 라고 쓰지 않았다. 아무리 고생을 하며 한 일이라도, 아무리 되지 않으면 안 되는 일이라 해도 실패는 언제고 할 수 있다는 걸 이제는 받아들이지 않으면 안 되었기 때문에.

사람이 자기반성을 할 줄 아는 것과

세상 모든 문제를 내 탓으로 여기는 태도는 명백히 구분해야 한다.

후자는 물론 가급적 가지지 않을수록 좋다.

2
인
조

7월 공격보다는 수비

일상

　지친 몸과 마음을 회복하기 위해 스스로 안식년을 준 지도 꼭 반년이 흘렀다. 나는 얼마큼이나 나아졌을까. 나는 이제 다시 정신과에 다니지 않게 되었지만 여전히 가슴은 가끔씩 두근거린다. 이젠 전처럼 한 번에 오천 보쯤을 걸을 수도 있고, 차를 타고 가까운 곳으로 여행을 갈 수도 있다. 단, 새 책을 위해 글을 쓰는 일만 빼고는 거의 모든 것들을 다시 할 수 있게 된 것이다. 이제 그것만 할 수 있다면 나는 완벽하게 전에 누리던 일상으로 돌아갈 수 있을 텐데. 과연 할 수 있을까? 떨리는 마음으로 책상에 앉아 글쓰기를 시도한 것은 정확히 7월 1일. 올해가 딱 반이 남은 날이었다.

관계

7월의 첫날. 예전 원고를 쓰던 그때의 그 루틴대로 아침에 일어나 밥을 먹기 전까지, 나는 바로 어제도 그랬던 것처럼 컴퓨터 앞에 앉아 일기가 아닌 원고를 썼다. 한 자 한 자. 조금 몰입하면 바로 심장이 두근거려 긴장한 적도 있었지만 전만큼 오래가지 않았다. 잘했다. 석원아 잘했어. 나는 또 내게 배운 대로 나를 칭찬하며, 이제는 내 삶의 태도로 체화한 것들을 일상 속에서 계속 적용해나갔다.

그렇다면 모든 게 해결된 것일까. 아니. 잠시 묵혀두었던 많은 문제들에 맞서 고민하고 해결해갈 체력을 겨우 조금 회복했을 뿐. 다시 돌아온 일상에서 가장 먼저 맞닥뜨린 문제는 '관계'였다. 글을 쓰는 동안, 너무 오래 고립된 상태로 있지 않기 위해 마침 연락 온 친구들을 만났다가 나는 당황했다. 한동안 스트레스 거리를 피해 홀로 지내다보니 사람을 만나는 게 얼마나 많은 대가를 치러야 하는 일인지를 잊고 있었던 거다.

오랜만에 만난 친구들 중 한 놈이 재즈 밴드가 라이브를 하는 클럽을 가고 싶다고 해 부지런히 전화를 돌려 알아보니 그날은 마땅히 갈 만한 곳이 없었다. 그래 내가 오늘은 라이브를 하는 곳이 없다 얘기를 해주었는데도 친구는 내게는 시선 한 번 주지 않은 채 계속 휴대폰을 들여다보며 검색을 하는 것이었다. 그러더니 마치 석원이가 알려준 것과는 달리 자기가 하는 곳을 찾았다는 듯 신이 나서는 우리들을 끌고 신사동의 어느 바엘 갔지만, 그곳은 라이브 클럽도 심지어 재즈를 틀어주는 곳도 아니었다.

나는 그런 친구의 행동이 황당해 어쩐지 기분이 조금 안 좋아져버렸지만 친구는 여전히 다른 사람들은 상관하지 않은 채 평소처럼 자기 얘기만 계속해서 늘어놓을 뿐이었다.

모르겠다. 나는 친구 사이라도 이렇게 제멋대로 굴거나, 종일 자기 말만 하려 들거나, 뭔가 가르치듯 말을 하면서 어떤 식으로든 불편함을 주는 친구에게 너 그러지 않았으면 좋겠다고 솔직하게 터놓기가 너무 어렵다. 그런 말을 해서 불편한 순간을 만드느니 나는 힘들어도 차라리 내가 병풍이 되어주는 쪽을 택해왔고 불과 얼마 전까지도 그렇게 살아왔지만……

솔직하지 못하면 곪기 마련인 법.

더는 그런 인내력을 발휘하기가 버거워질 무렵, 나는 나를 연기자로 만드는 사람들과 거리를 두기 시작했는데 이번에 만난 이 친구들만은 그럴 수가 없었다.

동경

관계는 내 평생의 숙제였지만 지금껏 낙제점 이상의 점수를 받아본 적은 없었다. 나도 여느 한국 사람들처럼 많은 이들과 어울리며 살고 싶은 욕망이 있었고, 적어도 사람을 대하는 일에 이렇게까지 애를 먹으며 살게 되지는 않길 바랐지만 어느 것도 뜻대로 되지는 않았다.

여전히 사람에 대한 기대와 나름의 노력을 포기하지 않던 어느 날. 발이 넓기로 유명한 어떤 이의 결혼식에 갔을 때의 일이다. 수많은 친구와 지인들에 둘러싸인 신랑의 모습을 보면서 그날따라 별로 부럽다는 생각이 들지 않았던 건 나로서는 생경한 경험이었다. 평소 많은 사람들 틈에서 어울리며 살아가는 것이 거의 로망이다시피 했던 나였지 않은가. 더구나 언제나 남의 마음속만 알고 싶어했지 자신에 대해서는 별로 궁금한 것이 없던 내가, 왜 그날따라 내 그런 변화의 이유가 알고 싶었던 것일까. 그리하여 그날 밤. 꼬박 하루 저녁 동안의 고민 끝에 알게 된 나의 모습은 뜻밖이었다. 나는 애초부터 그렇게 많은 이들이 필요하지도, 그렇게 많은 이들과 어울릴 수도 없는 사람이었으니 말이다.

그랬다. 나는 친구 한 명을 사귀어도 깊고 오래 탐색해가며 알아가야 하고, 누구든 만나려면 긴 마음의 준비가 필요하며, 설령 그렇게 해서 친해지고 즐거운 시간을 보낸다 한들, 만난 지 두세 시간이 되면 왜 그런지 집에 가고 싶어지는 사람이었다. 그런데도 나는 왜 내 그런 모습에는 아랑곳하지 않은 채 그저 막연하게 많은 이들과 어울려 지내는 삶을 그토록 동경해왔을까.

하여 그날도 여느 때처럼 외톨이가 되지 않기 위해 원치 않는 자리에 나가 원치 않는 말들을 견뎌가며 새벽까지 힘겹게 자리를 지키던 어느 날. 그동안 한 번도 그런 내게 뭐라 한 적 없던 내 안의 누군가가 처음으로 내게 물었던 것이었으니……

석원아. 너 지금 행복하니.

나는 주저 없이 아니라고 답했고, 그뒤 사람을 만나고 어울리는 일에 대한 미련을 조금씩 덜어가면서, 나의 삶은 꼭 그만큼 편해졌다. 조금은 더 외로워졌을지언정.

공격보다는 수비

그러면서 왜 그렇게 내게 스트레스를 주는 친구 몇은 계속 만나왔을까. 그것은 그들이 바로 나의 어린 시절 친구들이기 때문이다. 초등학교 때 친구, 중학교 때 친구, 여름 캠프 멤버 같은 어린 시절 친구들은 친구들 중에서도 특별한 지위를 부여받지 않는가. 그렇다보니 그간 소위 관계의 정리란 것을 해오면서도 이 친구들에게만은 그럴 수가 없었다. 하지만 수십 년 전 어린 시절 같은 학교 같은 반에서 일 년 남짓한 시간을 함께 보냈다는 이유만으로, 언제까지 만남을 이어가야 하는 것인지 솔직히 모르겠을 때가 있다. 이제는 나눌 것이 별로 없는데. 추억이라는 땔감은 이미 소진되었는데. 아직도 예전의 기억과 정보로만 날 판단하고 추억하는 이들을 언제까지 받아주어야 할지. 언제까지 그럴 수 있을지.

나는 사람에 대한 문제는 노력만으로는 해결할 수 없는 부분들이 있다고 생각한다. 불화했던 부모 형제와 화해하고 다툼 없이 잘 지내는 일, 만나면 늘 어딘가 내 기분 깊은 곳을 건드리는 지인과의 문제 등을 노력으로 속시원히 해결을 볼 수 있었던가? 그렇게 변수가 많고 내 힘으로는 어쩔 수 없는 불가항력적인 요소들이 널려 있는 이 위험하고도 조심스러운 문제에서, 그러니 이제 와 내가 취할 태도는 공격보다는 수비가 아닐는지. 그렇게 애를 썼는데도 원하는 대로 만들어갈 수 없는 게 사람과의 일이라면, 적어도 만나고 싶지 않은 사람들 만나지 않고 나가기 싫은 자리는 나가지 않을 수 있게라도 하는 게 최선이 아닐까 한다는 것이다.

그렇다고 세상 사람들의 그 모든 친교를 위한 노력들을 부질없다 말하는 건 아니다. (나 역시 그것을 아직 포기하지는 않았고.) 단지, 난 그런 쪽에는 도통 재주가 없는 사람이고, 그렇다면 안 되는 걸 되게 하려 애를 쓰기보다 나는 이런 사람이다 좀더 일찍 인정하고 받아들였더라면 어땠을까. 나는 그렇게 많은 이들과 어울리는 일 같은 건 할 수 없는 사람이라는 걸, 나는 누구한테 잘 보이려고 애를 쓰는 일에는 도무지 소질이 없는 사람이라는 걸, 진작 알고 인정했더라면 그리 무의미한 일들을 거듭하며 내게 상처 주는 일을 반복하지는 않았을 텐데.

아무튼 그래서, 만나면 자기 말만 하고 매사에 가르치듯 말하는 그 어릴 적 친구 두어 녀석. 정확히 말하면 그 녀석들이 속해 있는 옛친구들의 모임은 어떻게 하기로 했냐고? 이번에 그 친구들을 만난 것을 계기로 나는 다시 한번 관계의 정리가 필요하다는 데에 생각이 미치긴 했지만 여전히 결론을 내릴 수는 없었다.

어린 시절 친구들은 정말 다른 이들처럼 뭔가 무 자르듯 대할 수는 없는 것일까?

살다보면 결코 매뉴얼화할 수 없는 것들도 있는 법이다.

7월 14일

도무지 의례적인 말밖엔 하지 못하는 친구가 끊임없이 충고를 하려고 드는데, 그래도 친구를 돕겠다는 선의에서 비롯된 말들이라 뭐라 하지도 못하고, 나를 생각하는 녀석의 마음이 촌스럽지만 어여쁜 장미 같아서 미워할 수 없어 더 괴로웠다.

만나면 어떤 이유에서건 나를 참게 만드는 사람들을 만나는 일이 점점 더 힘들어진다.

그게 누가 됐든.

일의 지속성

다시 원고지 메우는 지난한 일을 하다보니 애써 외면하던 두려움이 슬슬 똬리를 튼다. 나는 언제까지 이 일을 계속할 수 있을까.

직장인들은 회사를 그만 다니게 되는 것이 그 수명의 종말이듯 창작자는 더이상 세상이 자신이 만든 걸 선택해주지 않으면 그것으로 끝이다. 언제든 자기가 속한 분야에서 뒤처지면 낙오할 수 있는 것이다. 경쟁은 갈수록 치열해지고, 살아야 할 날은 더욱 늘어난 오늘날. 무슨 일을 하든 몇 살이든 간에, 다들 비슷한 불안감을 안고 살아간다. 언제 세상이 나를 필요로 해줄지, 언제 더이상 필요 없는 존재가 될지 하는 쓸모에 관한 걱정, 혹은 불안들.

나는 누가 봐주지 않으면 그 행위에 가치를 두지 못하는 사람이다. 그래서 무대에 서왔고 글 역시 대중적인 가치를 최우선으로 두며 써왔다. 심지어 나는 일기조차 공개적으로 쓰는 사람인만큼, 사람들이 나의 글을 언제까지 읽어줄까 하는 문제는 그야말로 생존의 문제에 다름 아니다. 먹고사는 생존만이 아닌, 내 영혼과 자아의 수명까지 달려 있는 문제랄까. 따지고 보면 매번 발표하는 작품의 성적에 그토록 스트레스를 받는 것도 결국 그것이 생존의 문제이기 때문일 것이다.

그렇다면 나는 언제까지 글을 쓸 수 있을지, 작가로서 가능한 오래 살아남을 수 있는 길은 무엇인지 생각해본다. 언젠가, 더이상 아무도 내 글을 봐주지 않는 그날이 오기를 최대한 늦추려면 어떻게 해야 할지에 대해. 그래서 이런 불안을 잠재우려면, 아니 조금이나마 누그러뜨린 채 살아갈 수 있으려면 무엇을 해야 할지에 대해. 가장 손쉽고 고민 없이 떠올릴 수 있는 방법은 노력하는 것일 테다. 그럼 될까? 정말 간절히 노력하면?

나의 바로 지난번 책은 그 지난번 책보다 판매고가 무려 4분의 1로 줄었다. 나는 순식간에 독자의 4분의 3을 잃어버린 그 책을 쓸 때 전작의 4분의 1만큼의 노력밖엔 하지 않았을까? 오히려 그 반대였다. 두 책은 정확히 들인 노력에 반비례해 성적이 나왔으니까.

그래서 나는 노력은 이 문제에 있어서 답이 될 수 없다고 생각한다. 노력해도 소용이 없다는 뜻이 아니라 그건 너무나 기본적인 것이라 얘기할 필요가 없다는 것이다. 적어도 생존을 생각하는 처지라면 다들 절박한 만큼 비슷비슷한 최대치의 노력을 한다고 보아야 하지 않을까? 그러므로, 다들 하는 그 노력이란 것 외에 무엇을 해야 좀더 오래 생존할 수 있는지가 문제라는 것.

분산

앞서 일의 지속성을 꾀한다는 측면에서, 노력은 누구나 하는 것이므로 그것을 자신의 무기로 삼았다간 꽤나 안일하고 게으른 선택이 될 것이라 말한 바 있다. 그렇담 어떻게 해야 할까. 나 역시 언제 경력의 종말을 맞이할지 몰라 불안에 떠는 처지에 이 문제에 관해 논한다는 것이 조금 민망하기는 하지만 어차피 다들 비슷비슷한 답을 갖고 살아가고 있을 터. 나도 우선은 나만이 쓸 수 있는 글을 써야겠다는 생각을 한다. 누구든 내가 아니면 할 수 없는 일과 솜씨를 가졌을 때 경쟁력이라는 게 생기고 쓰임새도 발생하는 법이니까. 다만 나는 거기에 하나를 더 추가하고 싶다. 한 가지 일에 올인을 하기보다 적어도 하나의 일을 더 만들어서 일종의 분산 투자를 해야 한다는 것이다. 왜냐하면 그래야 하나를 실패해도 또

다른 기회를 가질 수 있고 그만큼 정신적인 타격도 덜 받을 수 있기 때문에.

재작년 연말 네번째 책이 나왔을 때, 나는 실패에 대한 대비는 커녕 그걸 상상조차 하지 않았기 때문에 주어진 결과 앞에 그렇게나 후유증이 컸다. 이게 아니면 안 됐기 때문에. 이 책이 실패하면 다른 어떤 출구도 없는 상황이었으므로. 그때 만약 내게 한 가지 일이 더 있었더라면, 그래서 그렇게 퇴로 없는 절벽으로 스스로를 몰아붙이지 않았더라면 정신과 치료까지 받는 일은 없지 않았을까?

사실 일의 지속성을 늘리기 위해서는 하나가 아니라 여러 개의 일을 더 가져도 괜찮다는 생각이다. 요즘처럼 불확실성이 높은 시대에는 더더욱 말이다. 다만 중요한 것. 기왕에 여러 일을 가졌을 때 그중 적어도 하나쯤은 내가 좋아하는 일을 할 수 있다면 더욱 좋겠다. 그래야 일을 하는 과정이 즐거워지고, 결국엔 그 과정이 좋은 결과를 낳아 그만큼 오래 일을 할 수 있을 것이기에.

이것은 결코 한가로운 이야기가 아니다.
음악과 글이라는 두 가지 일을 하다가 하나를 그만둔 후 남은 일에 대한 나의 스트레스는 몇 배로 커졌다. 글 쓰는 것을 유일한 일로 만들어버린 대가였다. 그전까지 글은 음악과는 달리 아직은 좋아서 할 수 있는 일에 가까웠지만 그때의 선택으로 인해 끝내 하기 싫은 숙제 같은 일이 되어버리고 말았으니, 일의 가짓수를 불려도 모자랄 판에 하나로 줄여버린 대가는 내게 그렇게나 가혹했다.

그러므로 뭐든 좋으니 다른 일을 하나 더 마련해두는 것은 나 같은 창작자나 자영업자뿐만 아니라 회사원에게도 중요한 일이 아닐까. 언제든, 세상이 나를 파이어하기 전에 다른 보험을 들어놔야 한다. 항상, 패를 쥐는 쪽은 내가 될 수 있도록. 그래야 덜 불안하고 정서적으로 안정된 사람의 멘탈은 무슨 일이 생기더라도 남보다 덜 타격을 받을 수 있을 만큼 튼튼할 테니까.

잊지 말자. 패는 항상 내가 쥘 수 있어야 한다. 그리고 그 패는, 여러 주머니(일)에서 나온다. 적어도 내가 경험하기로는 그렇다.

오직 최선을 다해본 사람만이

최선을 다해도 되지 않는 일이 얼마나 많은지를 안다.

노력과 재능

차 안에서 라디오를 틀었더니 스페인의 작가 그라시안이 했다는 말을 디제이가 명언처럼 들려주고 있었다. 그에 따르면 '천재란 남들이 쉬 포기하는 것을 포기하지 않고 끝까지 매달려 이루어내는 사람'이라는데, 음…… 당연히 천재란 저런 사람을 뜻하는 말이 아니다. 천재는 그냥 천재지. 남들보다 뛰어난 뭔가를 갖고 태어난 사람. 그것도 압도적으로. 거기다 대구 자꾸 천재는 노력하는 사람을 이기네 못 이기네 하는 것도 구차하고 저런 식으로 맞지도 않은 정의를 갖다붙이는 것도 별루다.

저런 말들은 내 보기에 천재가 아닌 평범한 사람들을 위무하기 위한 것으로 이해되는데, 뭐, 누가 천재면 천잰 거지 세상에 나보다 월등하게 빼어난 사람이 있다는 것에 내가 위로를 받아야 할 이유가 있나?

나는 나대로의 삶을 꾸려가면 된다. 내 자신이 평범한 능력의 소유자라는 이유로 굳이 위로를 받을 필요는 없다는 거다.

＊

노력과 선천적인 재능 중에 무엇이 더 중요할까. 이제는 너무 진부한 주제인 것도 같고 그간 애초 대립이 어려운 두 가지를 놓고 선택을 요구해온 것은 아닌가 하는 생각도 든다. 타고난 사람은 노력을 하지 않을 거라는 발상부터가 그런 이를 만나본 적 없는 자의 흔한 통념 내지는 상상이기도 하거니와, 심지어 어떤 일에 남보다 더 끈기를 발휘하는 자세 역시 (그것을 천재라고 하지는 않지만) 적어도 하나의 기질, 즉 타고난 근성의 소관이기 때문이다.

한 사람이 얼마나 노력을 하는가조차 타고난 디엔에이의 소관일 확률이 높다는 것. 그러므로 노력과 재능을 구분하는 건 그다지 정확한 분류는 아니라는 것이다.

하다못해 치아나 피부 문제만 해도 그렇다. '타고나지 못한 사람'은 아무리 노력하고 돈을 들여 관리를 해도 타고난 사람을 당할 수 없다. 본래 잇몸이 약한 탓에 툭하면 치과엘 가야 하는 사람이, 양치도 제대로 안 하면서 나이 오십이 넘도록 치과에 한번 가지 않는 사람을 보면 무슨 생각이 들까 싶지만 그것으로 끝일까? 타고난 게 없는 나는 신으로부터 버림받았거나 위로가 필요한 존재일까?

중국의 천재 피아니스트 랑랑은 두말할 필요 없는 천재지만 나는 그가 언젠가 전쟁의 참상을 노래하는 곡을 즐거워 미치겠다는 듯 방긋방긋 웃으며 연주하는 걸 보고 세상은 나름대로 공평하다는 걸 느꼈다. 피아노 천재, 주식 천재, 심지어 얼굴 천재까지…… 세상에 천재는 많지만 평범한 사람들에게 필요한 것은 그들과의 비교나 위로가 아니라 삶에는 천재가 없다는 사실뿐이다.

자발성

세상에 일을 하는 것이 영화나 야구 경기를 보는 것보다 즐거운 사람은 없을지 모른다. 그러나 똑같이 일을 하더라도 좀더 내가 좋아하고 잘할 수 있는 일을 찾아 이직을 하거나 뭔가를 알아보고 모색하는 사람들은 많다. 왜? 그래야 누가 등 떠밀어서, 돈 때문에 억지로 일을 하는 처지에서 조금이나마 탈피할 수 있기 때문에.

자발성은 왜 그토록 중요한 것이며 일의 지속성과는 어떤 관련이 있는 것일까.

*

예전에 음악을 할 때는 행사를 가야 돈을 버니까 일 년 내내 이런저런 공연이 끊임없이 있었거든. 언젠가 무슨 일이 생겨서 일정이 한 육 개월인가 스톱된 적이 있었어. 그 기간 동안 드물게도 아무 스케줄이 없었지. 그때 난 되게 슬펐는데 무려 반년이나 음악을 하지 못해서였을까? 아니. 내가 슬펐던 이유는 그 반년 동안 내가 단 한 번도 내 기타에 손을 댄 적 없다는 사실을 깨달았기 때문이었어. 한마디로 난 돈을 벌기 위해서가 아니면 내가 좋아서는 결코 기타를 잡지 않는 사람이란 걸 알아버렸던 거지. 곡을 만들거나 음악적인 단련을 하고, 심지어 노래 한번 흥얼거리는 일조차 마찬가지였어. 돈을 주지 않으면 난 절대 그 일을 하지 않았지. 그때 난 안 거야. 내가 이 일을 얼마나 좋아하지 않는지를. 원래 내게 음악은 결코 돈벌이가 아니었는데. 이제는 너무 아득한 시절의 이야기이긴 하지만 음악은 내 거의 유일한 친구였는데.

오랜만에 백화점엘 다녀왔어. 옷을 보다 왔지. 나는 옷을 고르고 내 마음에 드는 녀석을 장만하는 이 일이 너무 좋아. 아무리 해도 질리지 않아. 나는 내가 옷이란 걸 얼마나 좋아하는 사람인지 거의 몇십 년 동안을 잊고 살다가 얼마 전 그 사실을 기억해내곤 다시 그 일에 몰두하기 시작했는데, 여전히 그 일이 즐거워. 돈이 들어가야 하는 일이라는 게 문제긴 하지만 당장은 나도 좋아하고 권태 없이 몰두할 수 있는 일이 있다는 게 얼마나 감사한지 몰라.

내 재혼한 친구 녀석의 명언 있잖아.

내게도 부질없지 않은 일이 하나쯤 있었으면 좋겠다고.

그래. 적어도 이제 난 그게 하나는 생긴 거지.

오늘도 새로 산 옷이 든 쇼핑백 하나를 들고 집으로 들어서는데 거실에 놓여 있는 내 기타를 보면서 그런 생각을 했어. 음악을 그만둔 지 이 년이 되어가는데 여전히 절대 단 한 번도 만져준 적 없지. 내가 저 기타를 팔아버리지 않은 건 무슨 추억이나 의미가 있어서가 아니야. 단지 번거로워서일 뿐이지. 나는 다른 음악하는 애들이 악기를 사고 각종 장비를 구하면서 기뻐하고 돈 모아서 또 업그레이드하고 사용법을 검색하고 연구하고 하는 그 모든 일에 몰두해본 적이 단 한 번도 없어. 왜냐구? 정말 너무 관심이 없고 흥미가 없었거든. 원하는 어떤 것도 살 수 있는 여유가 있었지만 정작 사고 싶은 게 없었지. 나는 항상 내 삶이 보다 윤택해지는데 관심이 많기 때문에 얼마 전에 몇 가지 할까 말까 고민했던 일이 있었어. 소리 좋은 오디오를 장만하는 것과 제대로 된 카메라로 사진을 찍는 일.

나는 내 삶의 오랜 문제가 뭔가 하고 싶고 내게 즐거움을 주는 일을 찾지 못하는 데에 있다고 생각해왔기 때문에 그 일들을 제안 받고 솔깃했지만…… 결정할 수 없었어. 내가 음악을 할 때 사운드에 그렇게 신경을 썼던 건 그걸 곡의 일부로 이해했기 때문이지 남들처럼 단순히 좋은 음질을 추구하기 때문은 아니었거든. 나는 사운드가 멜로디의 감도나 편곡의 전달에 얼마나 지대한 영향을 주는지를 알았기 때문에 거기에 집착했을 뿐, 집에서 그냥 즐길 목적으로 음악을 들을 때는 아이패드로 들어도 충분하고 그마저도 거의 듣지 않지. 그런 내가 좋은 오디오를 갖춘다고 해서 그게 날 즐겁게 하고 안 듣던 음악을 듣게 되고 그럴까? 그게 인테리어 이상의 의미를 갖게 되어서 내 삶을 풍요롭게 할까?

모르겠어. 뭔가를 하고 싶은지 아닌지 그렇게까지 모르겠으면 그건 이미 하고 싶은 게 아니더라고. 나중에 어찌될지는 몰라도 말야.

지난 육 개월 동안 난 새 책을 위한 원고는 전혀 쓸 수 없었지만 내 블로그, 내 인스타, 내 일기장엔 하루도 안 빼고 몇 개씩 글을 써왔어. 블로그는 십 년째, 공개 일기장은 어느새 이십 년이 넘었지. 지워진 것까지 합치면 그간 거의 몇천 개의 글을 썼을 거야. 어떻게 그럴 수 있냐고? 좋으니까. 쓰지 않으면 견딜 수 없으니까. 난 그 모든 나의 개인적인 지면에 각기 완전히 다른 톤의 글을 써.

모르는 사람이 보면 다 다른 사람이 쓴 건 줄 알 만큼 말야. 근데 그걸 어떻게 다 하느냐면 좋아서 해. 난 이렇게도 쓰고 싶구 나의 또다른 면도 보여주고 싶구 하여간에 쓰고 싶은 게 너무 많으니까.

하고 싶은 말이 뭐냐구?

자발성이라는 게 이렇게 무섭다는 거.

계약 때문에 먹고살아야 하니까 쓰는 글은 하기 싫은 숙제 같아 죽겠는데, 개발새발이라도 내가 쓰고 싶어서 쓰는 건 아무리 해도 질리지 않고 하루 몇 개든 쓸 수 있지.

봉준호 감독은 무려 열두 살 때 영화감독이 되기로 결심한 후 다른 건 아무것도 하지 못할 만큼 계속해서 그 일을 좋아했다고 해. 나는 그게 그 사람이 아카데미 작품상을 탄 것보다 더 부러워. 평생의 자발성을 그것도 그 어린 나이에 획득할 수 있었다는 게 말야. 〈옥자〉를 만들고 번아웃 판정을 받아 아무것도 할 수 없을 것만 같을 때에도 그는 어서 〈기생충〉을 만들고 싶다는 생각에 곧바로 다시 일을 할 수 있었다잖아. 바로 그 원동력이 되어준 자발성. 누가 시키면 못하지만 내가 원하는 한 어떻게든 하게 되는, 그 힘의 원천. 하고 싶다는 마음.

반면 나는 열두 살은커녕 오십이 다 되어가는 지금도 아직 그런 일을 찾지 못하고 있지만 뭐 어때. 나는 나대로의 삶이 있는 거잖아. 난 비록 아직도 내가 좋아할 만한 일을 찾고 있지만 어쨌거나 나는 내 삶이 지금보다는 더 나은 모습이 되길 바라는 이 마음이 도무지 식지를 않는다는 게 좋아. 스스로 조금 대견한 기분이랄까. 세월에 구애받지 않고 지속해서 추구하는 바가 있다는 게 말야.

따지고 보면 이 모든 고민과 생각들은 결국엔 행복하게 살고 싶은 마음에서 비롯된 것일 텐데 행복이란 뭘까. 어떻게 살아야 행복한 걸까.

나는 항상 그걸 생각해.

행복.

"베를린 필하모닉은 세계 최고의 오케스트라입니다. 이 베를린 필하모닉에 입단하기 위해서는 매우 길고 어려운 과정을 거쳐야 하는데요. 박경민 비올리스트는 한국인 최초로 베를린 필하모닉에 입단해 종신 단원으로 임명되는 쾌거를 이뤘습니다. 오늘 방송에서는 "일이라고 생각해본 적이 한 번도 없다" "매일 출근을 하고 싶다"고 말하며 베를린 필에 대한 애정을 드러내기도 했는데요. 그녀가 경험한 베를린 필의 지휘자들, 가장 좋았던 공연, 입단 계기 등 베를린 필 생활에 대한 다양한 이야기 나누었습니다."

어느 날 어느 방송사의 기사를 보며, 저기 어딘가엔 권태 없이 자신의 일을 사랑하고 즐기는 사람이 있다는 사실만으로도 커다란 위안이 되었던 하루.

8월 리매치^{rematch}

행복

1.

언젠가 금전적으로 행복한 날이었다. 낮에 통장에 약간의 돈이
들어왔다. 예상보다 많은 액수. 기분이 좋았다. 회사에다 언제쯤
들어오는가 물어보고 전화로 통장의 잔액을 몇 번이나 확인한 끝
에 마침내 돈이 실제로 들어왔을 때 느껴지는 안도감. 또 얼마간
버틸 수 있겠구나 하는 느긋함과 편안함. 그때그때 벌어 살아가야
하는 사람에게 주어지는 행복의 다른 이름이다.

행복이란 무엇일까. 행복에 대한 정의는 저마다 달라서 많은
돈과 권력에서 행복을 느끼는 이도 있을 것이고 뒷주머니에서 우
연히 발견한 사탕 하나에 함빡 웃음을 짓는 이도 있을 것이다. 행

복은 이처럼 모두에게 각기 다른 모습으로 존재하며 나이와 성별, 세대별로도 다른 모습을 띤다. 어릴 적의 행복이 기쁨과 설렘 재미 같은 것들이었다면 어른을 행복하게 하는 것들은 주로 감사함과 안도감이 아닐는지. 걱정, 불안, 고통이 없는 상태. 너무 많은 것들을 바라지 않은 대가로 주어지는 마음의 평화 같은 것들.

행복이 이처럼 주관적이라 저마다 다른 모습을 띤다는 점에서 실마리를 하나 찾는다면 행복은 저절로 주어지는 게 아니라 노력해서 찾아야 한다는 것이다. 그게 안 되면 스스로 만들기라도 해야 한다는 것. 만약 행복이란 게 자기 뒷주머니에 꽂혀 있는 줄도 모르고 평생을 보내게 된다면 행복은 먼 데 있지 않다는 말이 다 무슨 소용일까.

언제부턴가 행복하고 싶다, 라는 말을 습관처럼 되뇐 지 꽤 되었다. 그럴 정도로 나는 항상 행복하지 않았던 것일까? 글쎄, 내 지나온 삶이 그렇게 매 순간 불행하지는 않았지만 마음속에 어떤 채워지지 않는 무언가가 있었고 그게 나를 목마르게 한 것은 맞는 것 같다. 그래서 내게 행복이란, 주어지는 게 아니라 찾아야 하는 무엇으로 존재해온 게 아닐지. 내 어릴 때는 행복감이라는 게 매일 매 순간 넘쳐나던 시절이었다. 집에서 버스 한두 정거장 거리만 가도 새롭고 번화한 곳을 찾는다는 흥분이 있었다. 그때는 가는 모든 곳들이 처음 가보는 곳이었고 먹는 모든 것들이 처음 먹는 것이었으니 그랬을 것이다.

　나는 특히나 어렸을 때 행복에 대한 자각이 너무도 뚜렷해서, 지금 내가 행복하다는 사실 그 자체에 또 너무 행복해 어쩔 줄을 모르던 그런 아이였다. 해질 무렵이면 함께 놀던 친구들이 저녁을 먹기 위해 각자의 집으로 뿔뿔이 흩어지게 되는 순간을 거의 고통으로 느낄 만큼 말이다. 그러다 성인이 되고, 나이가 많아지면서 행복은 내 주위에서 조금씩 자취를 감추더니 어느 순간부터는 부러 노력해서 찾아 헤매야만 하는 것이 되었다. 이제는 버스 한두 정거장만으로는 어림이 없어서 적어도 서울 밖을 벗어나거나 비행기쯤은 타고 먼 타국엘 가야만 겨우 마음의 감흥을 느낄 수 있는 지경이 되었다. 그마저도 집으로 돌아와 며칠이면 여행의 여운은 휘발되기 마련이지만.

　2.
　행복에 관해 내가 말할 수 있는 첫번째 사실은 그것이 어디 먼데 있는 게 아니라 작은 모습으로 내 주변에 존재한다는 것이다. 아마 상당수의 '어른'들이 삶의 경험을 통해 자연스레 이 점을 깨달아왔을 것이다. 나는 내가 부에 대한 욕망이 상당해서 막연하게 큰돈을 원한다고 믿어왔다. 그러던 언젠가, 무슨 일 때문에 기천만 원 단위의 돈이 생전 처음 통장에 들어왔을 때, 생각만큼 기쁨이 오래가거나 더 많은 돈을 원하는 마음이 크지 않았던 경험을 한 뒤로, 나는 나에 대해 좀더 자세히 알게 되었다. 나는 생각만큼 큰 재물을 바라는 사람이 아니었다는 걸.

비슷한 경험은 많다. 나는 내가 남들보다 경쟁심이 많아서 뭘 하든 이기고 싶어하고 1등 하길 바라는 사람이라고 의심 없이 믿어왔다. 그것은 어느 정도는 사실이기도 하다. 한데 비록 보잘것없고 남들은 잘 알지도 못하는 일이었지만 몇 년 전 어떤 분야에서 1등이란 걸 해봤을 때, 그 기쁨이 (물론 기뻤다) 채 이틀을 가지 못하는 것을 보고, 행복이라는 것이 꼭 저 위 꼭대기 가장 높은 곳에 있는 것은 아니라는 걸 알았다. 오히려 그런 거창한 일보다는, 오늘밤 스토리 전개상 중대 고비를 맞는 좋아하는 일일 드라마가 결방 없이 방영된다는 사실을 알고 안도할 때, 그럴 때 느껴지는 일상 속의 별것 아닌 행복감이, 남을 이기거나 막연하게 큰돈을 바라는 것보다 훨씬 크다는 사실을 경험하면서, 나는 알아갔다. 적어도 내가 원하는 건 생각보다 작은 것이고, 행복이라는 게 그리 거창한 데에 있지 않다는 걸.

그리고 당연히, 내가 원하는 게 무엇인지, 어디에 있는지를 구체적으로 파악하는 일은 막연한 감정의 소모를 막을 수 있도록 도

와준다. 더는 무작정, 많은 사람들과의 친교를 꿈꾸지 않게 된 것처럼.

3.

세상의 통념과는 달리 아이들은 그렇게 순수하지 않다. 그저 아직은 오염이 덜 된, 그러나 되기 쉬운 깨끗한 흰 도화지들일 뿐. 그래서 사람은 나이를 먹어가면서 이런저런 안 좋은 칠들이 더해지게 되는데, 어른이 되어 갖게 되는 많은 부정적인 감정의 실체를 따지고 보면, 알맹이 없이 공허한 것들이 많다. 따지고 보면 외로울 이유가 없는데 외롭다거나, 나름대로 많은 것들을 했는데도 그저 막연하게 아무것도 이루지 못했다는 자책감에 시달린다든가 하는 일들이 그렇다.

그래서 행복은 일종의 숨은그림찾기라고 하는지도 모른다. 내가 원하는 게 무엇인지, 어디에 있는지를 구체적으로 파악하지 않으면 느끼기 어려우니까. 안 그러면 별 이유도 없는 불행감에 시달릴 수도 있으니까.

나는 언제 행복을 느낄까. 나는 달리는 차 안에서 라디오 시사 프로 듣는 것을 좋아한다. 그럴 때면 마치 세상과 연결되는 것 같은 기분이 들어서 그러는지도 모르겠다. 그 기분을 좀더 자주 맛

보기 위해 집에서도 라디오를 들어봤지만 아무래도 그와 같은 느낌이 나지 않는 걸 확인하면서, 내가 좋아하는 일들은 그렇게 구체성을 더해갔다.

또 나는 마음에 걸리는 것이 없을 때 행복을 느낀다. 내게 행복이란 불행하지 않은 것과 얼추 비슷하거나 같은 것이기 때문일까. 아마 아이들과 달리 많은 어른들이 이 점에 공감할 것이다. 오늘 지금 이 순간 나를 불행하게 하는 것이 없다는 사실만으로도 사람이 얼마나 행복해질 수 있는지를.

행복해지기 위해, 다시 말해 불행해지지 않기 위해 가장 피해야 할 것은 남과 나를 비교하는 것이다. 아무리 강조해도 부족하지 않은 그것은 그야말로 불행으로 가는 급행열차이다. 그러나 사람들은 오늘도 다른 사람보다 나은 존재가 되고 싶기 때문에, 혹은 다른 사람들만큼은 살고 싶기 때문에 열심히 그 일을 한다. 애가 뜨면 애를 부러워하고 저 사람이 잘되면 또 그렇게 속이 아파하면서. 따지고 보면 말이 안 되는 것이, 비교가 되는 처지에 놓이는 건 늘 나 한 사람인데 비교의 대상이 되는 건 온 세상 잘났다는 사람들은 다 해당이 되니, '나'는 열등한 존재에서 벗어날 날이 없는 것이다.

심지어는 봉준호가 아카데미상을 탔다는 소식에 나는 그동안 뭐했지? 하는 생각에 괜히 초라해지기도 한다. 진짜냐고? 누군가 무려 아카데미씩이나 탄다는 건 보통 사람에겐 너무나 먼 이야기일 텐데 정말 그런 일이 있을 때 자신과 비교하며 상대적 박탈감에 시달리는 사람들이 있냐고? 많다. 같은 직종에 있는 영화 종사자들은 물론이요 영화와는 아무 상관도 없는 그냥 일반 피플들까지. 전자는 그렇다 치는데 후자는 뭘까. 왜 그런 터무니없는 먼 사람의 일조차 부럽고 비교가 되고 그러는 걸까.

그것은 행복으로 가는 또하나의 아주 중요한 포인트. 자의식의 문제와 관련이 있다.

자의식

자의식에 대해서는 여러 사전적, 개인적 정의들이 있겠지만 나는 그것을 '내가 나에 대해 인식하는 여하한의 모든 정신적 행위'라고 규정한다. 그랬을 때 늘 문제가 되는 것은 내가 나 스스로를 너무 큰 존재로 인식하는 것이고, 이것을 자의식의 비대, 또는 자의식이 과잉되었다고들 흔히 표현한다. 쉬운 예로, 운동 경기를 볼 때 '내가 보면 응원하는 팀이 진다'고 믿는 사람들의 믿음 역시 일종의 자의식 과잉이다. 수십 수백만이 시청하는 경기의 승패가 나의 운세에 따라 좌우될 수 있다고 믿는 것. 운동 경기야 애교로 넘어갈 수 있지만 자의식이 너무 크면 스스로의 삶에 필요 이상의 의미를 두게 되고, 그러다보면 자신에 대해 객관적으로 사유할 수 있는 능력을 잃게 된다. 세상이 자기를 중심으로 돌아가게 되는 것이다. 그러니 나는 그저 평범한 동네 형일 뿐인데, 세상에 잘났다는 사람들은 전부 가져다 자신과 비교하는 일이 가능해진다. 겉으로 내어놓고 말하진 못해도 최소한 내 안에서 나는 그들과 동급이기 때문에 나는 이러고 살아서는 안 되는 사람, 즉 그만큼 큰 존재라는 생각이 밑바탕에 깔려 있는 것이다. 어찌 불행하지 않을 수 있을까.

*

음…… 그러니까 이런 거예요. 얼마 전에 어떤 가수가 큰 실언을 뱉는 바람에 난리가 난 적이 있었죠. 그런데 상황을 더욱 악화시켰던 건 그 가수가 자신의 팬들에게 사과를 한답시고 이런 말을 하면서부터였어요. '여러분 걱정 마시라. 이 시련을 털고 나는 씩씩하게 일어서겠다.' 뭔가 이상하지 않나요? 저 말을 가만히 뜯어보면, 아무리 자기 팬들에게 하는 말이라고는 해도 저 사람이 지금 피해자인지 가해자인지 알 수가 없거든요. 자기가 잘못해서 이 사단이 났는데 마치 자신이 지금 타의에 의해 시련을 겪고 있는 비련의 주인공인 것처럼 스스로를 인식하고 있는 것 같단 말이죠. 어떻게 이런 사고가 가능할까요.

우리는 비단 연예계뿐만이 아니라 공적, 사적인 많은 영역에서 여러 사과문을 접하게 되는데, 그때마다 제대로 된 사과를 하지 못해 일을 키우는 사람들을 흔히 봅니다. 그것은 사과를 하는 이들 대부분이 피해자나 피해자가 받은 고통보다 자신을 우선시 하는 경향을 보이기 때문이죠. 어째서 그럴까요. 어째서 제대로 된 사과를 접하기가 그토록 어렵고, 늘 남의 사과에 대해 그것으론 부족하다, 무엇무엇이 빠지고 잘못되었다 지적하고 평가하던 사람조차 자신이 사과할 일이 생기면 똑같은 실수를 반복하게 되는 걸까요. 그것은 바로 사람은 세상 모든 일에 자신을 중심으로 놓는 본능이 있기 때문입니다. 그래서 비록 자신의 잘못 때문이라 해도, 어쨌든 많은 이들의 비난을 받게 되는 상황에 처하면 그것을 시련으로 인식하기 쉽죠. 이것은 그 자신으로서는 자연스러운 반응일지도 모르지만, 바로 그렇기 때문에 그런 자기중심적인 사고를 경계해야 합니다. 그러지 않고 계속 세상의 중심에 '나'만을 놓은 채 살아가게 되면, 좀 극단적인 예이긴 하지만 사람을 죽이고도 자신의 죄를 객관적으로 인식하기보다는 '살인을 저지를 수밖에 없는 엄청난 운명에 처한 이 가련한 나'밖엔 보이지 않게 될 수도 있죠.

우리는 사람이기 때문에 언제든 스스로를 연민할 수 있어요. 그러나 그 강도가 커지고, 그러한 상태가 너무 잦아지는 것을 경계하지 않으면 결국엔 올바른 사고를 할 수 있는 눈이 멀게 됩니다. 자기 객관화가 되지 않는 거죠. 그러면 어떻게 될까요. 타인에겐 엄격하고 자신에겐 한없이 관대한 사람이 됩니다. 스스로에 도취되어 자신의 행이나 불행을 과장하고, 늘 자신을 피해자로 여긴다거나, 무슨 일이 벌어져도 자신의 입장에서밖엔 생각하지 못하게 되죠.

영화 〈어벤져스: 인피니티 워〉를 보셨나요? 자의식이 통제 불능으로 컸던 악당 타노스는 손가락 한 번 튕겨서 인류의 반을 죽여버립니다. 누가 그에게 그런 권한을 주었을까요? 바로 그 자신이죠. 아무도 부탁한 적 없으니까요. 자의식의 과잉은 그렇게 사고와 판단의 눈을 멀게 해요. 그래서 삼십억 명이나 되는 사람을 죽여놓고도 그는 그저 우수에 차 있을 뿐이죠. '사람들이 죽어서 마음이 아프지만 모두를 위해서 누군가는 해야 하는 일이고 이런 슬픈 일을 할 수 있는 건 나뿐'이니 그 마음이 얼마나 비장하고 고독하겠어요. 이런 걸 극단적 자기도취라고도 합니다. 다른 말로는 망상.

자기 연민, 자의식 과잉, 자기도취……. 이러한 것들은 누가 먼저인가를 가늠할 수 없을 정도로 서로 연관이 깊고, 인간이기 때문에 완전히 배제한 채로 살 수는 없어요. 자의식은 인간에게 꼭 필요한 것이지만 그게 과잉되거나 너무 부족하지 않도록 우린 노력해야 합니다.

마치 면역력처럼. 과해도 부족해도 그로 인해 언제든 마음에 탈이 날 수 있으니까요.

참, 언제나 그렇듯 이 모든 것들은 저 자신에게 하는 말들입니다. 아시죠? 조언이란, 남의 상황을 빌려 자신에게 하는 것.

그 누구보다 나 자신과 나의 행복을 위해서 오늘도 이 점을 잊지 않기로 해요.

나를 사랑하는 것과 내 자신에 대해 너무 많은 의미를 부여하는 것은 별개의 일이라는 것.

그것을 깨닫고 스스로를 객관적으로 인식하려는 태도를 유지할 때, 남과 나를 비교하는 일도 줄어들고 건강한 마음을 가진 채로 살아갈 수 있다고, 그게 바로 행복이라고,

저는 믿어요.

저는 어떨까요. 저는 저를 과대평가하기보단 대체로 비하하는 편이죠. 난 아무것도 아니야. 아무도 나 같은 사람 좋아하지 않을 거야, 하는 식으로 말이죠. 저처럼 자기비하나 혐오가 심한 것도 일종의 자의식 과잉입니다. 자신에 대한 기대가 너무 크거나, 남들이 그렇게 평가할까 두려워 미리 선수를 치는 거거든요. 그래서 어느 쪽이든 늘 경계해야 해요. 자의식은 썩지 않는 나무처럼 언제나 자랄 뿐만 아니라 수많은 가지를 뻗으니까요.

또한 타인의 자의식에 대해 함부로 언급하고 평가하는 일을 남발하는 것은 본인의 자의식 역시 위기에 처해 있음을 뜻하기도 합니다. 우리는 타인의 자의식 측정기가 아니며, 어떤 일이건 사람이 습관적으로 남을 평가하는 상태에 있다는 건 본인의 내면이 허약해진 상태라는 방증이기 때문이죠.

끝으로

　행복에 관해 여러 이야기들을 해보았지만 말했듯 행복이란 주관적인 것이니만큼 다들 자신만의 행복이 따로 있으며 그걸 획득하는 나름의 방식들도 있을 것이다.

　다만 마지막으로 보태고 싶은 말이 있다면 그 모든 것을 떠나 행복이란, 어쩌면 행복을 너무 의식하지 않는 것이 행복할 수 있는 가장 좋은 방법이 아닐까,

　그런 생각도 해본다.

　다시 글을 쓴다.

집필

글을 쓸 때 나의 일상은 매우 단조롭다. 체력이 닿는 한 글을 쓰는 사이사이 머리가 방전될 때마다 다른 일을 해주는 게 전부다. 글, 청소, 글, 운동, 글, 밥 짓기, 글, 산책…….

책을 쓴다는 건 몸이 물에 반쯤 잠긴 채 망망대해에 둥둥 떠 있는 상태와도 같다. 수시로 잠겼다가 떠오르길 만 번쯤 반복하면 한 권의 책이 완성된다. 오늘도 나는 한 번 깊게 가라앉아 이대로 숨이 멎는 줄 알았다가 저녁때 가까스로 떠올랐다. 이렇게 또 원고의 일부를 채운다. 오늘 하루, 아니 주말 내 헛수고를 하지 않은 셈이 되어 안도했다.

다시 원고를 쓰기 시작하면서, 조금 신경을 쓰거나 몰입해서 스트레스를 받으면 가슴 두근거림이 재발했다. 처음엔 다시 예전으로 돌아가는 줄 알고 크게 놀랐지만 어느 선 이상으로 심해지진 않아서 그나마 다행이었다. 이 증상은 앞으로 내 안에서 사라지지 않은 채 영영 지병처럼 가지고 가게 되는 걸까? 아무튼 이렇게 나는 일상에 연착륙하게 되었다. 최근 몇 번의 싸움에서 패배한 후 회복기를 거쳐 다시 링에 오른 선수처럼, 일상의 일들은 기다렸다는 듯 내게 하나하나 다툼을 걸어왔다.

나는 얼마나 달라졌을까. 이제 실전이다.

평범성

불길에 뛰어든 대가로 온몸에 화상을 입은 소방관의 이야기를 들려주던 디제이. 이런 평범한 사람도 영웅이 될 수 있다. 그래서 우린 모두 특별하다라는 멘트로 마무리를 한다.

그런데 모두가 특별하다는 말은 어딘가 이상하다. 다 특별하면 더이상 누구도 특별하지 않기 때문에. 불길에 뛰어드는 행위를 어찌 아무나 할 수 있을까.

내 보기에 이런 말들은 사람들의 특별하고자 하는 욕망을 위무하기 위한 것으로 이해되는데, 글쎄. 그런 욕망은 평범한 인간으로서 자연스러운 것인지 모르겠으나 살면서 나는 다른 사람과는 달랐으면 좋겠고 어딘가 특별했으면 좋겠다는 생각이 나를 얼마나 지치게 했던가. 남들과는 다른 삶을 살고자 하는 욕망. 자신이 평범해지는 것에 대한 두려움. 어쩌면 그러한 것들이 행복으로 가는 길을 막아서는 가장 무거운 덫은 아니었을까.

세상에 똑같은 사람은 하나도 없다는 말, 이제 별로 좋아하지 않는다.

이 세상에 나와 같은 사람이 수백 수천이 있어도, 그래서 내가 이 지구 위에서 숨쉬며 살아가는 수많은 생명 중 그저 하나의 개체일 뿐이라 해도, 그런 평범성을 두려워하지 않고 살아갈 수 있는 용기와 담담함이 내게 있었으면 좋겠다.

나의 화단이 그저 평범한 꽃들로 채워진다 해도, 남들 것만큼 화려하지 않아도, 그게 남을 위한 것이 아니라 온전히 나를 위한 것이라면 족한 마음.

그게 더 중요하다.

1차전

8월 하순께. 오랫동안 속썩이던 셔츠 하나를 수선하러 청담동의 잘한다는 집을 수소문해 찾아갔다. 그런데 내가 핏에 워낙 민감해 '품을 넉넉하게 해달라'는 주문을 확인차 한번 더 얘기했더니, 실장이란 사람이 대뜸 짜증을 낸다.

"아, 크게 해준다고 했잖아요."

세상에, 그 한마디가 그렇게 짜증이 난단 말인가? 집으로 돌아오는 내내 무안하고 민망한 마음에 얼굴이 다 벌게졌다. 뭔가 받은 만큼 되돌려주고는 싶은데 내가 할 수 있는 건 그저 그 집에 다시는 가지 않는 것뿐이니, 그게 그 사람한테 무슨 타격이 될까 생각하면 또 열이 받고.

원래 사고란, 일단 당하면 어떻게 해도 당하기 이전의 상태로 돌아갈 수는 없는 법.

내가 맡긴 옷은 엄청나게 큰 오버사이즈 셔츠여서, 이걸 일반적인 셔츠 핏으로 줄여버리면 거의 원래 옷의 반을 잘라내야 한다. 그래서 난 줄이되 최대한 넉넉하게 해달라고 했던 건데, 문제는 그 사람의 태도로 보아 수선이 잘될 리가 없다는 나의 불안감이었다. 사람 말을 주의깊게 듣지 않는 그가 하는 수선이 세심할 리 없을 테고, 결국 옷은 망쳐서 입지 못하게 될 거라는 공포에 시달려야 했던 것이다. 밀려드는 자책감과 함께.

무례는 그 사람이 범했는데 왜 내가 자책감에 시달려야 할까. 언제나 이런 식이다. 왜 그때 그 자리에서 무슨 말을 그렇게 하느냐 따지지 못했나. 이렇게 불안해하고 기분 상해할 걸 다시 가서라도 말을 제대로 하든가, 그때도 뭐라 하면 옷을 그냥 도로 갖고 오든가 했어야지. 이제부터 네가 손님이면서도 남의 눈치보는 거 그만하기로 하지 않았어? 매장에서 물건 좀 오래 봤다고 필요하지도 않은 옷 사서 나오거나 내 의사 표현 하나 똑바로 못해서 불친절에 항의하지도 못하는 그런 거 이제 안 하기로 하지 않았냐구.

왜 나의 정당한 권리를 행사하는 걸 두려워하는 걸까. 왜 항상 그냥 내가 바보 되고 손해보고 마는 쪽을 택하는 걸까. 왜 그게 편한 걸까.

모르겠다. 남들은 별거 아닌 일이라 할 수도 있지만, 내게는 앞으로도 언제든 겪을 수 있고 다시 반복하기는 싫은 일들이라 매뉴얼에까지 적어가며 달라지려 했던 건데.

다시는 이런 일 당하지 말자고.

리매치 rematch

1.

그간 세월에 사람에 상황에 채이며 나름대로 터득한 온갖 자기계발서적인 깨달음들. 이를테면 남을 미워하지 말자. 왜? 나만 손해니까. 그러나 이런 경구들만으로 묻어두고 가기엔 어려운 상황들도 분명 있다. 삼일 전 난 수선집에 옷을 맡기러 갔다가 부당하고도 무례한 일을 당했다. '가해자'는 내가 귀히 여기는 옷의 생사여탈권을 쥐고 있었으므로 난 아무런 항의도 못한 채 혼자서 분을 삭여야만 했다. 그런데 그 스트레스가 생각보다 너무 커서 당황스러웠으니. 그래. 미워할 놈은 미워해야 한다. 이런 자연스러운 감정까지 막으면 넌 비겁자야. 해서 맡긴 옷을 찾으러 가기 전 삼일 동안 나는 여러 번 그때의 상황을 되새김질했다. 그 결과

1 그가 완벽하게 잘못했으며

2 그러나 나의 대응 또한 한심했다.

는 사실을 확인한 다음, 뼈저린 자책과 함께 반성일기를 쓰는 한편, 옷을 찾으러 가서 그와 다시 대면했을 때 이번에는 어떻게 그를 대할 것인가를 놓고 수차례 고민했다.

1 다시는 같은 일을 당하지 않도록.

2 받은 만큼 돌려줄 수 있도록.

그 수선집 실장은 남자고 액면으로 볼 때 나이는 글쎄…… 끽해야 오십대 중후반. 나랑 얼마 차이가 나지는 않았다. 정치적 성향은 왠지 극우보수일 것만 같고 어쩌면 수선을 해서 번 돈으로 몰래 그쪽으로 후원금을 보내고 있을지도 모를 일이었다.

불의의 일격으로 인해 커져만 가는 나의 망상들.

나는 그가 이번에도 또 무례하게 굴 때를 대비해 그에 대한 나의 대응을 상상 가능한 거의 모든 경우의 수별로 정리해두고는 결전의 날을 기다렸다.

2.

마침내 옷을 찾으러 가는 날. 나는 내가 가진 옷 중에서 가장 화려하고 세 보이는 옷을 골라 입은 다음 차를 몰아 수선집으로 향했다. 우리집에서 수선집이 있는 청담동까지는 약 이십 분. 가는 동안 삼일간 짠 시나리오를 수없이 재점검하며 전의를 불태웠다. 이번에도 또 무례하게 나오면 가게를 그냥 폭파해버려야지. 이윽고 문제의 그 수선집 앞에 도착, 내 마음만큼이나 삐딱하게 차를 대고는 가게 안으로 성큼 들어섰다. 문제의 실장은 다행히 자기 자리에서 팔뚝에 검은 토시를 낀 채 일에 몰두하고 있었다. 그에게 다가가 계획대로 안녕하세요를 생략한 채 셔츠를 찾으러 왔다고 말하니 그는 인사를 하지 않는 내게 별로 타격을 받지 않는 듯했고 무엇보다 내가 누군지 기억을 하지 못하는 듯했다.

음 뭐지.

나는 소심한 일차 공격의 실패에 약간 흔들렸지만 곧 정신을 다잡았다. 그가 내게 이름이 뭐냐길래 이석원이라고 대답을 했는데 여기서 또다시 의외의 상황이 벌어졌다. 수선한 셔츠를 내주는 그의 태도가 너무 정중했던 거다. 어, 이게 아닌데. 난 예상치 못한 그의 진중하고도 예의 갖춘 태도에 약간 더 중심을 잃었고 그의 격식 있는 서포트를 받으며 옷을 입어보았다. 그랬더니 나의 철석같던 예상과는 달리 내가 바라던 그대로 완벽하게 수선이 되어 있는 것이 아닌가. 이게 어떻게 된 거지. 내 말을 건성으로 들으며 짜증을 내던 사람이 이렇게 멀쩡하게 수선을 해놓았을 리가 없는 데…… 이게 바로 청담동의 위력인 것인가?

그간, 그 고통 속의 삼일간 엉망으로 수선이 되어버린 셔츠를 험한 욕과 함께 그 실장의 면전에다 던져주고는 가게를 나와버리는 상상을 얼마나 많이 되풀이했던가. 그때마다 혼자 히죽히죽 웃으며 행복해했는데. 난 미리 짜놓은 작전대로 마지막 비장의 카드를 꺼내기로 했다. 내가 셔츠를 맡길 때 집에서부터 가져왔던 비싼 나무옷걸이가 있는데 이런 불친절하고 체계 없는 집이라면 분명 어딘가로 사라져버리고 없을 테니 그걸 한번 지적해야겠다 싶어 달라고 한 것이다. 그런데 내가 가져온 옷걸이는 정가운데 붙여진 스티커에 내 이름이 대문짝만 하게 쓰여진 채로 잘, 아주 잘 보관이 되어 있었다.

그야말로 연전연패.

거기서 그쳤으면 그래도 좋았을 것이다. 그러나 이 집의 꼼꼼한 디테일과 무엇보다 무려 두 달이나 속을 태우던 옷이 완벽하게 변신한 것에 감격해서 그만 나는 그 사람에게 "감사합니다" 하고 넙죽 고개 숙여 인사를 하고 말았으니…… 이 바보 같은 행동으로 인해 난 또다시 그에게서 돌이킬 수 없는 핵폭탄을 선사받게 된다.

3.

즉, 나의 인사에 그는 정작 아무런 대꾸를 하지 않음으로써 손님인 나 혼자만 허공에 대고 인사를 하는 바보 같은 상황이 연출되고 만 것이다. 그렇다고 나는 인사를 했는데 왜 당신은 하지 않느냐고 따질 수도 없는 노릇이라, 난 또 한번 날아온 그의 일격에 비틀거리며 떠밀리듯 가게를 나설 수밖에 없었다.

분하지만 어쩌겠는가. 수선이 이렇게 잘되었는데.

나는 머릿속에 달콤한 시럽과 쓰디쓴 한약을 동시에 부은 듯한 복잡한 기분을 안고 집으로 돌아와야 했다. 그리하여 비록 수선은 잘됐지만 다시는 갈 일 없는 청담동 수선집 실장과의 승부는 이전이패. 그러니까 나의 전패로 그렇게 끝을 맺고 말았다. 다시 일상이라는 링에 올라 잘 싸워보리라 다짐했던, 내 모든 바보 같은 모습들을 바꾸고자 했던 그 모든 노력들이 무색해지는 순간이었다.

그러나 그것으로도 아직 끝이 아니었으니.

다음날.

나는 평생 다시는 가지 않으리라 수없이 맹세했던 그 수선집에, 그것도 간 지 하루 만에 내 발로 또 한번 찾아감으로써, 나의 전적은 삼전 삼패를 기록하게 된다. 더구나 부재중이던 그 실장을 콕 집어서 굳이 그분께 옷을 맡겨달라 신신당부까지 하고 왔으니 이런 맹추가 또 있을까?

진 것이다. 완벽하게.

다시 글을 쓴다.

9월 　 2인조

4일 말동무

점심때 미친듯이 원고 두 꼭지를 써서 회사에 넘긴 후 방전이 될 것 같아 더 붙들고 싶은 마음을 누르고 무조건 씻고 나갔다. 전 같았으면 지쳐 탈진할 때까지 매달렸겠지만 이젠 그렇게 하다간 어떤 지경이 되는지 얼마 전에 몸소 체험한 바 있지 않은가. 서점을 갈까 미술관을 갈까 결정을 하지 못하다 흘러흘러 간 곳은 성북동의 어느 돈가스집. 그곳에서 홀로 돈가스 정식을 먹다보니 예전에 함께 왔던 이가 생각났다. 궁상이래도 좋고 미련이라 해도 좋고 누가 뭐라든 신경쓰지 않는다. 나는 그냥 내가 잊을 때까지 하염없이 추억한다. 그게 내가 사랑했던 이를 떠나보내는 방식이라서.

두 달 전, 꼭 지금처럼 기분 전환을 위해 이 돈가스집에 들렀다 집으로 돌아가는 길에 정두언 의원의 사망 소식을 듣고 놀랐던 기억이 난다. 하루 중 가장 좋아하는 순간은 운전을 하며 정치시사 라디오 프로를 들을 때다. 그럴 때 늘 그 순간을 함께하던 이 중 한 분이 노회찬 의원이었기 때문에 그분이 돌아가셨을 때 난 마치 말동무를 잃은 것 같은 기분에 혼자 슬퍼했다. 정두언 의원도 마찬가지다. 현역 시절 그분은 내가 장황한 헌사를 바칠 만큼 존경하는 정치인은 아니었지만 은퇴 후 그는 한동안 내 저녁 출타 길이나 귀갓길을 자주 책임져주던 라디오 속의 내 말동무였다. 비록 이번에도 나는 듣기만 하는 처지였지만.

내가 알기로 고인은 오랜 우울증을 앓아왔고 실제 자살시도 전력이 있었다. 그의 죽음은 누가 봐도 너무 뜻밖이었지만 한 사람의 죽음이 음모론으로 뒤덮이는 건 슬프다. 사람들은 흔히 누가 자살을 하면 그가 바로 엊저녁에 자기랑 무엇을 했느니 하면서 정황만으로 그 죽음이 자살이 아님을 추측하려 하는데, 스스로 목숨을 끊는 사람의 사전 행적은 그의 마지막 행위와 그리 명료한 인과관계를 갖지 않는다.

아무튼 다시 한번 명복을 빈다.

그후로 나의 삶은 한 뼘쯤 더 외로워졌다.

11일 팔순

　　낮에 세탁소에 가서 드라이 맡긴 걸 찾아가지구 집으로 오는데 근처 버스 정류장 앞 벤치에 엄마가 앉아 있는 것이었다. 반가워 다가가니 어쩐지 시무룩한 표정으로 엄마는 뤼비똥 짝퉁으로 보이는 갈색 가방을 손으로 쓰다듬고 계셨다. 엄마 어디 가? 나를 보고 잠시 놀라더니 엄마는 대답했다. 응, 외삼촌한테. 요양원에 들어가셨대. 근데 엄마 이 가방은 뭐야? 못 보던 거네. 응, 이거…… 며칠 전에 산 건데 너무 무거워서…… 하고 엄마는 말끝을 흐리신다. 엄마는 외출할 때 약이며 지갑이며 온갖 잡동사니 같은 짐들이 참 많기도 하시다. 책도 항상 들고 다니며 보기 때문에 작은 가방으론 감당이 안 되신다. 근데 난 그 가방이 새건데도 어쩐지 후줄근해 보이기도 하고 엄마가 평소 비싼 가방을 드는 스타일도 아니어서 당연히 짝퉁일 거라 생각했는데 알고 보니 진품이란다. 엄마는 나와 헤어진 뒤 무엇이 걸렸는지 내게 전화를 해서는 이것저것 다른 얘길 하시다가 끝에 마치 사과라도 하듯 내가 묻지도 않은 걸 털어놓으셨다.

— 석원아 그거 진품이야.

예전에 휴대폰을 사드린다고 엄마를 대리점엘 모시고 가서는 엄마 나이에 굳이 스마트폰이 필요할까 의아해하던 때가 생각난다. 하지만 엄마는 남들도 다 쓰는 그것을 너무 원하셨고 설레는 표정으로 그걸 손에 쥐고 대리점을 나서신 후 지금까지 아주 잘 쓰고 계신다. 자식인 내가 연로하신 엄마의 욕망을 멋대로 추측하고 단정해버렸던 게 얼마나 죄송하고 웃기는 일이었던가.

오늘 일만 해도 그렇다. 나는 엄마가 나와 달리 허영기가 없어서 명품 같은 것에 통 관심이 없을 거라고만 생각했는데 엄마도 다 좋은 백을 들고 싶으셨던 거다. 자식들이 어렵게 준 돈을 쓰는 일에 늘 죄책감을 갖고 계시는 엄마지만 차림새에 관한 관심은 나이가 여든이 되셨어도 조금도 사그라들지 않았다는 건 당신이 어딜 나갈 때마다 내게 하고 묻는 말을 들어보면 잘 알 수 있다.

― 엄마 어떠니. 이 옷 괜찮지?

어머니의 나이는 올해로 여든. 부모 나이가 팔순이 넘어가면 그때부터는 살아계시는 것도 중요하지만 얼마나 본인의 총기가 흐려지지 않은 채로 지내실 수 있는지가 또한 중요한 게 아닐까 한다. 왜 그런 거 있지 않은가. 꼭 치매가 아니더라도 엄마가 어제 같이 본 드라마의 내용을 기억 못할 때, 내가 알던 엄마가 아닌 것만 같은 기분에 더럭 겁이 나고 슬퍼지기도 하는 순간들. 결국 그런 날들이 하나둘 늘어가는 것을 감당해야 하는 것이 자식의 삶이기에, 팔순이 넘은 부모와 보내는 하루하루는 나의, 아니 모든 자식들의 마지막 화양연화다. 돌아가시기 전에, 내가 알던 엄마 아빠가 아니라고 느껴지는 날이 오기 전에 할 수 있는 건 다 해드리고 싶다.

오늘의 반전. 엄마는 진품으로 알고 있던 그 뤼비똥은 역시 짝퉁이 맞는 것 같다. 엄마가 그 가방을 사느라고 지불한 돈이 얼마였는지를 결국 알게 되었으니까.

14일 시계

친구가 한동안 차지 않던 낯익은 시계를 차고 나왔길래 그냥 다시 차는가보다, 하고 있다가 가만히 보니 시계가 영 가지를 않는 거라. 그래, 야. 근데 너 그 시계 가는 거 맞어? 하고 물었더니 그 친구가 말하길, 낡아버린 시곗줄만 교체하고 멈춰버린 시계는 다시 살리지 않았단다. 그래서 왜 그랬냐고 하니

예전에 이 시계를 찰 때 보냈던 시간들은 이제 멈추어서 영원히 그 순간에 머물러 있게 되었기 때문에 더이상은 가지 않는 게 맞다는 친구의 말.

그 말은 들은 나는

아우 그냥 고쳐서 차. 시계가 시간을 볼 수 있어야 시계지.

하는 말이 목구멍까지 올라오는 걸 겨우 참았다. 순간 친구의 그런 행동이 조금 궁상스럽다는 생각이 들었지만 뭐 사랑과 궁상은 종이 한 장 차이라는 걸 나 역시 누구보다 잘 알기에.

나이가 큰 걸로 다섯 장이 다 되도록 살아보니 예전엔 사랑이나 연애라는 게 어차피 헤어지기 때문에 무의미한 거라고 여기는 편이었는데 요즘은 생각이 좀 바뀌었다. 헤어졌다고 해서 끝이 나는 것도 아니고 그때 보낸 순간들이 모조리 사라져버리는 것도 아니라는 걸 알았다고 할까.

누군가를 소중히 여기던 기억은 오래도록 내 자신마저도 소중하게 만든다.

그러니 사람이 사람을 만난다는 건 얼마나 귀한 일인지.

늙고 쭈글러터졌어도 포기하지 않고 열심히 사랑하고픈 이유다.

21일 후회

나는 일을 할 때 받는 스트레스를 오로지 먹는 것으로 푼다. 원래 식탐이 많기도 하거니와 별다른 취미도 없어 그것 말고는 달리 해소할 거리가 없기 때문이다. 남들 회사에서 열심히 일하는 것처럼 나도 하루 내 글을 쓰다 저녁이 되면 오늘은 무얼 먹어줄까 고민한다. 오늘도 살아 숨쉬며 버틴 것에 대한 보상을 받을 시간이 된 것이다. 젊었을 적엔 요즘 유튜브에서 먹방하는 친구들처럼 백화점에 가서 짜장면 짬뽕 탕수육 잡채밥을 한꺼번에 시켜놓고는 혼자서 그걸 다 먹었다. 그리고 후식으로 또 빵을 대여섯 개씩 사 먹었고. 그렇게 배가 터질 때까지 먹고 그 힘으로 또 글을 썼다.

밀가루와 설탕은 아주 강력한 염증 유발인자다. 내 몸의 많은 안 좋은 증상들이 생기는데 이런 식습관이 과연 영향이 없었다고 할 수 있을까? 그러나 요즘 나는 글은 쓰되 그렇게까지 먹을 수가 없다. 아니 먹으려면 먹을 수야 있지만 이제는 고지혈증이나 당뇨 등 각종 성인병에 대한 위험 때문에 시쳇말로 목숨을 걸고 먹어야 한다. 그래서 이제는 가급적 외식을 줄이고 그날 하루를 견딘 데 대한 포상으로 빵 한두 쪽이나 음료수 한 병, 혹은 아이스크림 한 개 정도를 먹는다.

그런데 오늘 신문을 보니 하루에 단 음료 200밀리리터를 매일 한 병씩 마시는 사람은 그렇지 않은 사람보다 암에 걸릴 확률이 30프로 더 높다고 하던데 딱 나였다. 요즘 내가 그러고 있으니까.

하지만 내가 오늘 하루를 열심히 성실하게 보낸 대가로 먹은 이 설탕 들어간 음료수 한 병 때문에 언젠가 암에 걸린다 해도, 나는 두렵고 막막할지언정 오늘을 후회하지는 않을 거다.

내가 지금 마시는 이 음료수 한 병은 그냥 음료수가 아니라 내 최소한의 인간다움의 상징이기 때문에.

내가, 인간으로서 그 최소한의 인간다움을 누린 대가로 병에 걸린다 한들 적어도 난 나를 책하지는 않겠단 얘기다.

내 나이쯤 되면 의사로부터 언젠간, 살고 싶으면 밀가루와 설탕을 끊으라는 말을 듣는 순간이 온다. 하지만 밀가루와 설탕을 끊으면 살 이유가 없어지는데, 살기 위해서 그것들을 먹으면 안 된다니 이 딜레마를 어쩌면 좋을까.

24일 2인조

　언제부턴가 가까운 이들에게 내 깊은 속 얘기를 있는 대로 쏟아놓고 나면 마음이 후련해지는 게 아니라 오히려 더 힘이 들고 불안해질 때가 많다. 왜 그럴까. 뭐든 욕심대로 다 하려 들면 탈이 나는 것 같다. 내 안의 힘든 것들을 꼭 세상과 모조리 나눌 필요는 없으며 언제든 나 자신과 대화할 여지는 어느 정도 남겨두어야 하나보다. 그렇게 스스로와 대화를 하게 되더라도 또 어떤 것들은 구태여 끄집어내지 않고 내 안 어딘가에 그대로 둔 채 공생해가는 것도 살아가는 현명한 방법이 아닐지.

　나이가 들수록, 타인이 나를 구원해주길 기다리기보다 나 자신과 둘이서, 다시 말해 스스로 삶을 헤쳐갈 수 있도록 노력하는 게 더 중요하고 좋은 자세라는 생각이 든다. 내 안에 또다른 내가 있는, 우리는 누구나 날 때부터 2인조 아닌가.

그런데도 사람들은 결코 잃을 수 없는 내 편이 하나 존재한다는 사실을 종종 까먹는다.

10월 　 올바름

다시, 고민

올 초 스스로 만든 무균실에서의 생활을 접고 조심스레 시작했던 새 생활의 기분도 어느덧 무뎌지면서, 다시 많은 것들이 무너져버렸다. 운동을 거르는 날도 많고 내 손으로 모든 살림을 직접 하겠다던 결심도 흐려져갔다. 지난 육 개월간 준비하고 실천했던 매뉴얼의 많은 부분들이 생활의 고단함 속에서 어느새 지켜지지 않게 된 것이다. 이러다 다시 상태가 악화되어 원점으로 돌아가게 되면 어쩌지. 그저 정신없이 원고 쓰는 일에만 매달리다 어느 날 너무 지쳐 정신을 차려보니, 또다시 깨어 있는 모든 시간 동안 내가 원고를 붙들고 있다는 것을 알았다.

이러면 오히려 글이 더 안 나오는데. 이러니까 지치고 일이 재미있을 수가 없는데.

나는 또 한번 크게 방전이 되어 돌이킬 수 없는 상황에 처하기 전에 무조건 쉬기로 했다. 여전히 쉬는 동안 할 수 있는 소일거리를 마련하지 못했지만 다시 옷을 사는 한이 있더라도 일단은 여기서 멈춰야만 했다.

오랜만에 평소 들르던 편집숍으로 가 그때 그 매니저와 반갑게 재회하고 안부도 주고받은 뒤 매장을 찬찬히 둘러보았다. 나는 그동안 새로 나온 수많은 멋지고 예쁜 옷들 틈에서 어떤 녀석을 데려갈까 고민하는 이 일이, 여전히 내게 이렇게 설렘과 활력을 준다는 사실에 안도하고 기뻐하다 매장을 나섰다. 그런데……

저만치 매장 앞 조금 비켜선 후미진 곳에서 누군가 전단지 한 장씩을 나눠주고 있었다. 나도 그 앞을 지나가야 했으므로 그가 내 손에 거의 쥐여주다시피 한 그 전단지에는 이런 문구가 쓰여 있었다.

'당신이 지금 입고 있는 한 장의 티셔츠가 세상을 얼마나 오염시키는지 알고 있습니까?'

흔한 환경 운동가들의 홍보 전단지구나 싶어 나는 별 감흥 없이 그걸 손에 쥔 채 차에 올라 집으로 향했다.

뭐 오염이야 시키겠지. 그런데 그런 거 다 신경쓰면서 어떻게 세상을 살어.

그러나 아파트 주차장에 도착해서는 차에 쓰레기를 두기 싫어 가지고 내린 전단지를 무심히 들여다보던 난 깜짝 놀라고 말았다.

정말 이게 사실이란 말인가?

나만 모르던 진실

가령 이런 것이다. 내가 좋아서 산 한 장의 면 티셔츠를 만드는 데 무려 2,700리터나 되는 물이 소요된다면 어떨까. 여러 벌도 아니고 한 벌, 그것도 평범한 반팔티 한 장을 만드는 데 드는 물이 사람 한 명이 이 년 반 동안 마시는 물의 양과 같다면. 그 하얀 도화지 같은 티 위에 그림이나 색깔을 입히기 위해 엄청난 양의 고독성 물이 만들어져야 한다면.

나는 이해할 수가 없었다. 이 예쁘지만 간단해 뵈는 녀석들을 만드는 데 어째서 그렇게나 큰 대가를 치러야만 하는지. 검색을 통해 내용이 모두 사실임을 확인한 전단지에는 그밖에도 이와 비슷한 정보들이 여럿 들어 있었다. 전 세계적으로 매년 5조 리터의

물이 직물 염색에 사용된다든가, 그 대부분이 폐수로 강과 농지에 버려져 이 지구의 물과 땅을 심대히 오염시키고 있다든가 하는 내용들. 물론 그것들은 언젠가 내가 먹고 씻을 물이 되어 돌아올 것이다.

이런 정보들은 사실 익숙한 것이긴 하다. 우리가 먹는 그 많은 고기들을 위해 얼마나 많은 동물들이 지금 이 시간에도 잔인하게 도륙당하고 있는지, 그 많은 소와 돼지들을 키우기 위해 얼마나 많은 환경과 기후의 오염이 이뤄지는지 사람들은 이미 알고 있지만 애써 외면하며 오늘도 맛있게 고기를 먹는다. 그런 문제들을 일일이 신경썼다간 생활을 제대로 할 수 없는 지경이 되는 것도 맞을 테니까.

그렇다고 이대로 이 문제를 그냥 두고 넘어가야 하나? 모르고 넘어갔다면 모를까 이렇게 알아버렸는데?

난감

그날 그 한 장의 전단지 때문에, 나는 매우 곤란한 지경에 빠졌다. 환경오염에 대한 심각성은 원래부터 어느 정도 인지하고 있던 터였고, 그래서 나름대로 일회용품 쓰는 일을 자제하기도 하고 그랬으니까. 그렇지만 이건 살아가는 데 필수 불가결한 옷에 관한 문제다. 일회용품처럼 쓰고 안 쓰고 선택을 할 수 있는 문제가 아니라는 얘기다. 물론, 올해 들어 옷에 관한 나의 소비는 생활에 필요한 수준 이상을 넘어선 것이기는 했다. 그렇다 해도, 그건 내게 단순히 그냥 옷이 아니라 나로서는 어떤 상징성을 가진 일이었지 않은가.

아, 평생 처음으로 좋아하는 걸 찾았는데 그게 지구를 이렇게

나 괴롭히는 것이었다니. 나는 다른 사람도 아닌 바로 내가 지구의 파괴자였다는 사실에 좌절했고, 무슨 옷 한 벌을 사는 데도 이렇게까지 고민을 해야 하는 건지, 그저 이 모든 게 한 편의 코미디 같기만 했다.

그나저나 이제 어떡하면 좋을까. 남들은 이런 사실을 알게 되면 사던 옷도 딱 그만 사버릴 것 같은데. 왜 나는 그만큼의 윤리적인 의식이 없는 거지? 별 자격은 없지만 나도 내 나름으로는 올바름을 추구하고, 세상이 더 나아지는 일에도 관심이 많다고 생각했는데.

편지

아시다시피 전 올해 많은 옷을 사왔어요. 어떤 연예인은 티브이에서, 옷에 신경쓰는 누군가에게 명품 옷 살 생각하지 말고 당신 자신이 명품이 되라고 조언하던데, 제 생각은 좀 달라요. 사람들이 옷에 매달리는 건, 아니 옷뿐만이 아니라 뭔가에 매달리는 건 남들이 단순히 추측할 수 없는 나름의 이유와 사정들이 있다고 전 믿거든요.

그게 결핍이 됐든 상처가 됐든 욕구가 됐든 뭐든요.

올해 저는 이런저런 일들을 겪으며 도대체 나는 왜 좋아하는 게 없을까 괴로워하다 갑자기 내가 어릴 적에 옷이란 걸 굉장히 좋아했던 아이였다는 걸 기억해냈고 그렇게 시작된 게 여기까지 왔죠.

이해 가세요? 세상에서 거의 유일하게 내가 좋아하고 몰입할 수 있는 일을 처음 찾은 기분이란 게 어떤 건지.

그러니까 이건, 옷의 문제도 무슨 내면이 중요하냐 외면이 더 중요하냐의 문제도 아닌 거였죠.

저는 성격적으로 다소 강박적인 데가 있기 때문에 무슨 일을 할 때 그 일에 관한 준비를 완벽하게 하지 않으면 좀처럼 마음이 놓이지 않아요. 그래서 꽤 많은 옷을 샀지만 여전히 구해야 할 옷들이 있었어요. 이제 곧 겨울이 오면 아주 추울 때 입을 수 있는 옷과 적당히 추울 때 입을 옷이 있어야 했구, 그것들은 일상복과 외출복으로 세분화되어야 했으며 또 거기서 외출복은 다시 혼자 다닐 때 입을 옷과 사람들을 만날 때 입을 옷 등으로 구분이 되어야 했죠. 편하게 입을 수 있는 옷과 좀 격식 있는 자리에 갈 때 입을 옷 등으로 구분을 한 거예요. 전 같았으면 그냥 위아래 죄다 시커먼 옷들로 걸치면 만사 오케이였지만 이젠 그렇지가 않잖아요. 그렇게 분야별로 세세하게 목표를 정한 후 하나하나 준비를 해가는 게 저의 기쁨이고 제 나름의 성취였는데.

옷에 대한 저의 철학은 그래요. 남들은 '꾸안꾸(꾸민 듯 안 꾸민 듯)'라 그러는데(별로 좋아하는 말은 아니에요) 하여간에 딱 봤을 때 '어 쟤가 신경써서 옷을 차려입었구나'라는 느낌을 주어서는 안 돼요. 남이 그렇게 입고 있는 걸 보는 것도 조금은 부담스럽죠. 왜냐하면 제가 바라는 건 전혀 신경을 쓴 것 같지 않은데 자연스러운 멋이 우러나는 거니까요.

언젠가 호텔에서 어떤 외국인 여행자와 엘리베이터를 같이 탄 적이 있는데 그 사람이 입은 허름한 청바지와 군데군데 구멍이 나 있는 셔츠를 보면서 속으로 그랬어요.

바로 저건데……

저는 등산하러 가는 듯한 차림이나 오랜 여행자의 복장을 좋아해요. 긴 여행을 다니는 사람이 잘 다려진 새 옷을 차려입지는 않으니까요. 그네들에 옷에는 세월과 여행의 흔적들이, 땀이, 무엇보다 자연스러움이 배어 있죠.

그래서 저 같은 사람들을 위해 그런 자연스러움을 돈을 주고서라도 사라고 있는 것들이 빈티지 옷들이잖아요. 실제로 오래되어 낡은 것이거나, 혹은 그렇게 보이도록 일부러 찢고 상처를 내서

흉내를 낸 것들. 저 역시, 남의 시간과 세월을, 그 자연스러움을 그렇게라도 사고 싶을 때가 많았어요. 그래서 '나 이거 방금 산 새 옷 아니야. 나 옷에 그렇게 신경쓰는 사람 아니야'라고 말하고 싶었죠.

그 말을 하기 위해 아무리 많은 신경을 쓰게 된다 하더라도요.

생각해보면 제가 만드는 많은 것들도 그래요. 저는 글을 쓸 때 입심 좋은 어떤 사람이 옆에서 술술 이야기를 해주는 것처럼 읽히기 위해 수없이 고쳐쓰거든요.

와, 정말 페이지가 계속 넘어가.

이런 말이 독자 입에서 나오길 바라면서요.

그만큼, 제게 자연스러움이란 건, 인위적인 노력을 하거나 돈을 들여서라도 구현하고 싶을 만큼 아주 절실하고 중요한 것이죠.

오늘도 또 말이 길었네요.

아무튼 그렇게 가을과 겨울을 맞이할 채비를 아직은 좀더 해야 하는데, 그래서 다 마치고 나면 세상 곳곳을 누비기만 하면 됐는데, 그랬는데, 세상에. 옷이라는 게 그렇게 세상을 힘들게 하는 것이었다니. 저는 아차 싶었지만 그래도 뭐 비관하지는 않으려고요.

정말이지 이 나이쯤 되니까 비관하기 시작하면 삶 자체가 무너져내리는 것만 같아요.

그래서
아무것도 비관하지 않기.
나를 비난하지 않기.

이 두 가지를 거의 주문처럼 되뇌면서 올 한 해를 보낸 게 아닐까요.

여러분도 여러분의 요즘 하루하루가 어찌됐든 간에 자신을 비난하고 자책하는 일만은 하지 않으시는 게 어떨지. 우린 모두 나서 자라 죽지 않고 버티고 있는 것만으로도 자기 몫은 다하고 있는 존재들이니까요.

그럼, 올해의 남은 날들도 행운을 기대하며.

결론

　며칠간의 고민 끝에 나는 우선 취미나 기분 전환의 용도로 옷을 사는 일은 더이상 하지 않기로 했다. 너무나도 좋아하는 일이었지만 나의 기분 전환을 위해 오염된 물 몇천 톤을 쓸 수는 없는 노릇이었다. 나라는 한 개인의 노력이 세상의 문제를 해결하는 데 아주 작은 의미밖엔 되지 않는다고 하더라도, 그 개개인들이 좀더 적극적으로 변화하지 않으면 세상이 어떻게 달라질 수 있을까. 지금까지는 아파서 그랬다지만 이제는 나의 편리함과 욕망을 위해 세상을 오염시키는 물건들을 사고 쓰고 입는 문제에 대해 고민하고 부딪치고 선택할 수밖엔 없다. 결국엔 내가, 우리가 여전히 살아가야 할 세상이기 때문에.

고민의 과정은 꽤 길었지만 막상 마음을 정하고 보니, 이번에는 갑자기 지구에 대한 걱정이 쏟아져 정신을 차릴 수가 없었다. 내가 알아본 정보대로라면 환경오염과 기후변화에 대한 문제는 너무나도 심각해서, 당장 뭐라도 하지 않으면 안 될 것만 같은데 나라는 개인이 할 수 있는 일은 너무나도 미약해서 무력감이 들 정도였기 때문에.

　나는 일단은, 내가 할 수 있는 일을 하면서, 다른 문제들은 찬찬히 더 생각해보고 행동하기로 했다. 내가 세상 모든 일에 관여할 수도 없고 나의 판단 역시 꼭 옳다는 보장도 없으니 행동하기 전에 더 공부가 필요하다고 생각했다. 일단은 하루하루 할 수 있는 것들을 내가 감당할 수 있는 선에서 하고, 그 안에서 나름의 우선순위를 정하려는 노력들을 하는 게 현명한 일이 아닐까.

　한 장의 전단지로 인해 불거졌던 내 나름의 사회적 각성은 그렇게 마무리되었다. 아니 이제부터 시작이라고 해야 더 정확할 것이다. 그나저나 이제 옷 사는 것마저 할 수가 없게 되었으니 정말로 쉬는 동안 무엇을 하며 소일을 해야 할까 막막하던 차에 생각지도 못한 일이 생긴 것은 시월 초의 어느 날이었다. 도저히, 그전까지 내게 일어나리라곤 상상으로도 해본 적 없던 일이.

생각해보면 난 올해 알았든 몰랐든 아픈 나를 위한다는 명분으로 그렇게 옷을 사댐으로써 결국 세상에 해를 끼친 셈이고 작년엔 또 걷지를 못한다는 이유로 일회용품들을 마구 써댔으니 말로는 환경오염 문제를 걱정한다고 하면서 실제로는 늘 피치 못할 사정이 있고 그래서 세상을 병들게 하는 데 지속해서 기여해온 것이었다.

세상의 부당하고 불편한 일들을 피하지 않고 직시하되

부정적인 에너지가 날 지배하도록 내버려두지 않는 것.

그런 단단함.

기회opportunity

1.

그곳의 이름과 일의 내용을 이곳에 밝힐 수 없음을 양해 바란다. 처음 이 일을 제안받았을 때 어떠한 형태로든 관련한 내용을 외부로 발설해서는 안 된다는 계약 조항에 사인을 했기 때문이다. 이렇게 상상을 해보자. 어느 날 애플에서 야심 차게 준비한 신제품을 발매하는데 그 제품을 한마디로 설명할 수 있는 문구를 써줄 것을 부탁받는다면?

내게 주어진 시간은 불과 48시간. 그들이 내게 원했던 것 역시 비슷한 일이었고 나는 그 시간 동안 스스로를 집에 감금한 채 내 모든 것을 쏟아부었다. 때마침 나는 책을 쓰다 전과 같은 압박감과 권태에 시달리던 중이었고, 재충전을 위해 옷을 사는 일도 더 이상 할 수 없게 된 그때, 거짓말처럼 날아온 메일 한 통은 내 머릿속을 뒤흔들어놓았다.

첫번째 제안을 받은 후, 나는 약속대로 48시간 내로 결과물을 완성해서 전달했다. 그러자 놀랍게도, 나의 결과물을 본 회사는 내게 또다른 프로젝트의 일을 하나 더 맡겼다. 그것은 그들이 내 실력을 인정했든가 최소한 내게서 어떤 가능성을 보지 않았으면 벌어질 수가 없는 일이었기 때문에 나는 정말로 흥분했다. 그리고 알고 있었다. 그들은 내게 최소한의 질문만을 허용했지만 나만이 이 일을 하고 있는 건 아니라는 걸. 곳곳에서 최고의 카피라이터들과 나와 같은 프로글쟁이들이 집 또는 호텔에서 긴장된 채로, 한없이 집중하면서 감금 생활을 하고 있을 것이었다. 아주 기꺼운 마음으로.

모르겠다. 지난 한 십 년 동안 내가 뭔가에 이렇게 집중했던 적이 있었던가? 세계적으로 잘나간다는 회사에서 내게 그렇게 중요하고도 비밀스러운 일을 맡겼다는 사실에 나는 완전히 들떠버리고 말았다. 기대하지 말자, 수없이 마음속으로 되뇌며 스스로를 진정시키려 애썼지만 소용이 없었다. 아닌 말로 내 것이 최종적으로 채택이라도 되는 날엔…… 생각만 해도 가슴 떨리는 일이 아닌가.

*

　이른바 세상이 말하는 세속적인 관점에서, 당신은 어디까지 올라보았는가. 나는 태어나서 한 번도 그런 식의 경력을 갖춰본 적이 없다. 그 회사의 이름이나 일의 내용을 듣는 것만으로도 남의 부러움을 살 만한 그런 일. 나는 음악을 할 때에도 평범한 인디밴드로 활동하다가 그 일을 접었었고, 책은…… 음악보다는 상대적으로 큰 상업적 성과가 있었지만 내가 그런 성과를 낸 줄은 나밖에 모르는 생활을 지금껏 해왔다. 그런데 이 일은, 성공하기만 하면 남들의 부러움은 물론 스스로도 얼마나 뿌듯해질지 상상이 잘 가지 않을 정도의 일이었으니.

　최종적으로 완성한 문구들을 보내고 난 뒤 일주일. 열흘. 보름. 언제 결과가 담긴 메일이 오나 휴대폰이 닳도록 들여다보는 일에 지쳐갈 무렵, 신문에서 그 회사의 신제품 소식이 들려오기 시작했다. 뭐야. 벌써 결정이 나버린 것일까? 알고 보니 다다음달에 출시된다는 사실을 미리 알리는 기사일 뿐 모든 것은 아직 베일에 가려져 있었다. 나는 실망했던 마음을 추스르며 그렇게 다른 모든 일은 손에서 놓은 채 오직 기다림만을 거듭했다. 그러면 안 되는 줄 알면서도 그러길 한 달이 되던 어느 날. 채택되면 받을 돈으로 무엇을 할지 수없이 상상하며, 이게 성공하지 못할 거라면 왜 내게 이런 기회가 왔을까 의심 없는 확신에 사로잡혀 전율하면서,

결코 쿨한 것과는 거리가 먼 생활을 하던 어느 저녁. 친구와 야구 경기를 보다가 무심히 열어본 휴대폰의 메일함에서 나는 보았다. '이석원 작가님 대단히 죄송합니다'라는 인사로 시작되는 한 통의 편지를.

나이 때문인지 방금 전 일도 기억이 잘 나지 않게 된 지금도, 그때 그 메일을 보던 순간만큼은 생생히 기억한다. 2020년 도쿄 올림픽 야구 본선 진출 팀을 가리기 위한 일본과의 예선전이었다. 티브이로 경기를 지켜보다 불의의 일격을 당한 나는, 한 일 초쯤 멍해졌다가 이내 곧 가슴 깊은 곳에서부터 어떤 물리적인 통증 같은 것이 치밀어올라왔던 것 같다. 극도의 아쉬움과 안타까움 속에 무방비 상태로 던져졌다고 해야 맞을까.

나는 한 삼십 분쯤 일부러 기다렸다가 최대한 정중한 어조로 담당자에게 이 일이 내게 얼마나 굉장한 경험이었는지를 고백하는 것으로 길었던 한 달을 마무리지었다. 이제 이 일은 이렇게 결론이 남으로써 끝난 것일까? 나는 그러지 않을 것임을 알았기에 두려웠다. 결과는 나와버렸지만, 내가 이 또 한번의 실패에 어떻게 반응할 것인가 하는 문제가 남아 있었기 때문에.

다시 실패 앞에 서다

실패란 무엇일까. 아무리 여러 번 겪어도 매번 그토록 가슴을 쓰리게 하는 그 일은.

막 회사로부터 결과를 통보받았을 때, 사실 결과 자체보다도 이번 일로 또 얼마나 큰 후유증에 시달릴지 그게 더 걱정이 됐다. 또 작년 같은 악몽이 되풀이되면 어쩌나 싶어서.

물론 이제는 뭐가 어떻게 됐건 간에 이런 상황이 언제든 몇 번이든 올 수 있다는 걸 잊지 않게 되었지만, 그걸 알고 있다고 해서 마음의 고통이 사라지는 건 아니지 않는가. 그렇게 기대를 했는데. 그렇게 또 한없이 기대에 부풀어올랐다간 이리 허망하게 그 모든 게 아무것도 아닌 게 되어버렸는데. 어쨌든, 결과는 나와버렸고 실패의 고통을 덜어주는 진통제란 아직 개발되지 않았으므로 그저 내가 믿을 것은 이번에도 내 삶의 경험들밖엔 없었다. 이와 같은 상황에서 어떻게 하면 가장 적게 또 짧게 타격을 받을 수 있는지, 나는 내 최선의 선택들을 기록해두었으니까.

나는 아프지만 않으면 된다. 아프지만 않으면.

매뉴얼에 따라, 나는 우선 더이상 이 일을 생각하지 않으려 애썼다. 이제 이건 나와는 상관없는 일이고, 안 된 일, 지나간 일엔 연연하지 않는다고 연기도 해보았다. 정말 그런 쿨한 사람인 것처럼 나를 속이다보면 정말 그런 상태가 될 때도 있으니까.

하지만 금세 또 무너져서는 자꾸만 처음으로 돌아가서 원인을 분석하고 무엇이 잘못되었는지 따지길 반복했다. 그때 그 부분을 다르게 썼더라면 결과는 달라졌을까? 다시 해본다면 더 잘할 수 있을까? 그러다간 난 안 되는 놈, 버림받은 놈인가 싶어 아무것도 하기가 싫어지기도 했다.

계속 이렇게 몰입하고 놓지 못하다 영영 못 헤어나면 어쩌지.

그날 밤. 지푸라기라도 잡는 심정으로 펼쳐본 매뉴얼엔 또 이런 조언이 적혀 있었다.

명심하라.
거절이란(실패란) 살아 있는 한 계속되고
진짜로 포기란 걸 해버릴 때 완성이 된다는 걸.

다 내가 쓴 말이었다.

선물

처음 제안이 왔을 때 시점이 하도 절묘해서 이건 하느님이 내게 준 선물이라고 생각했다. 오랜 시간 홀로 집에 틀어박혀 고통스럽게 글을 쓰는 일이 아닌, 짧게 집중해서 결과도 바로 나오는 그런 일 하나쯤 더 할 수 있길 원했으니까. 그러던 차에 딱 일주일 미친듯이 집중한 뒤 결과도 한 달 이내에 나오는 이런 일은 내가 바라던 바로 그것이었으므로 난 드디어 내게도 원하는 걸 주시는구나, 했다. 누가? 하느님이.

부끄럽지만 이 나이에 아직도 이런 자의식 과잉의 상태에 놓일 때가 있다. 내가 무슨 하느님의 자식도 아닌데, 그 바쁘신 분이 나를 콕 집어서 그런 배려를 해주실 거라 믿는 자체가 상상이라도 한심하지 않은가? 그냥, 나는 운이 엄청 좋을 뻔하다 만 거다. 그뿐이다.

또 한 번의 실패 앞에서, 나의 노력은 효력을 발휘했을까.

모르겠다. 그뒤로 내 마음은 한 이틀, 실연을 당한 것처럼 쓰리다가 빠르게 진정됐다. 지금도 나는 그때 내가 생각보다 수월하게 그 상황을 넘긴 것이 고통에 대한 두려움 때문인지 아니면 매뉴얼에 따라 마음을 먹고 상황을 받아들인 덕분인지 잘은 모른다. 그러나 상관없다. 난 아프지만 않으면 되니까. 정말 아프지 않은 것과 아프지 않다고 착각하는 것은 내게 크게 다르지 않은 거니까.

어쨌거나 나는 노력했고 고통의 빠른 소멸이라는 원하는 바를 이루었으므로 결과는 실로 오랜만의 승리. 그렇다. 나는 그 실패의 경험을 결과적으로 승리로 이해했다. 왜냐하면 아무것도 포기하거나 무너지지 않았으니까. 그리 크게 아프지도 않았으니까.

나는 또 한 번 미끄러졌지만 일상을 잃어버리지 않았고 지난번과 같은 무너짐을 되풀이하지도 않았다. 그 덕일까. 마치 선물처럼 그간 손댈 수 없었던 글을 다시 쓸 수 있게 된 난, 그즈음 사진 찍기에 흥미를 갖게 됨으로써 옷 사는 일을 포기한 대신 다른 소일할 거리도 찾을 수 있었다.

좋은 건 좋은 걸 낳느니.

실로 오랜만에 경험해보는 삶의 기분좋은 진리였다.

"아, 글을 쓰세요. 노후 준비를 해야죠."

11월 보통의 존재

걷기

11월 중순께. 나는 모종의 긴 고민 끝에 지난 7월 1일부터 쓰기 시작한 새 책에 들어갈 원고를 모두 버리기로 했다. 원래는 올해 안에 나왔어야 할 책의 원고를 완성 직전에 버렸다는 것은 무엇을 의미할까. 작가는 책을 내주겠다 약속하고 출판사로부터 미리 선 인세를 받는다. 물론 다 빚이다. 언젠가는 갚아야 할 돈. 주위에 단 십 원도 빚을 지곤 못 사는 사람들이 있지만 다행히? 난 돈에 관해 융통성이 있는 편이라 (다르게 말하면 돈 개념이 없어서) 설사 갚아야 할 돈이라도 당장 통장에 얼마간을 버틸 돈이 있으면 적어도 그 부분에 관해서는 심리적으로 안정이 된다.

나는 연초에 언제 끝날지 모를 안식년을 갖기로 했고 그 기간 동안 어떤 스트레스도 받지 않기 위해 우선 돈 문제를 해결해야 했다. 최소한 올 한 해라도 버티기 위해 기존에 했던 계약도 다 소화하지 못했으면서 또 새 책을 계약하고, 그래도 불안해 추가로 돈을 더 융통해두기도 했다. 말했듯 다 빚이고 곧 그 약속을 지켜야 할 일들이지만 당장 살아야겠기에 필요한 돈을 그렇게라도 마련했고 그렇게 해서 버틴 시간 동안 몸과 마음이 많이 회복되었으므로 거기에는 후회가 없다. 그러나 그렇게 미래를 가불해 마련한 지금의 이 안정적인 시간들도 오늘 원고를 버림으로써 더이상 누리기는 어려운 지경이 되었으니. 언제 또 새로운 책을 구상해 거기에 들어갈 원고를 쓸까.

어쨌거나 오랜만에 맞이한 휴식의 시간. 밤중이라 어딜 가기도 뭣해 평소 하던 대로 집 앞 개천가에 조성되어 있는 보행자 전용 산책로를 찾았다. 걷는 것은 따로 준비가 필요 없는 가장 간편하게 할 수 있는 운동이라지만 실은 이 일을 할 때 정신적으로 날 힘들게 하는 한 가지가 있다.

우측통행

    내가 걷는 집 앞 산책로에는 100미터 간격으로 사람 몸만큼이나 커다랗게 우. 측. 통. 행. 이라는 네 글자가 하얀색 페인트로 바닥에 프린팅되어 있다. 시력이 어지간히 안 좋은 사람이 아니라면 누구나 알아볼 수 있을 만큼 겁나 크게 말이다. 워낙에 제도에 순응적인 편인 나는 처음 그 문구를 보았을 때부터 지금껏 단 한 번 예외 없이 오른쪽에 붙어서 걷지 않은 적이 없다. 세상이 정해놓은 규칙을 따르는 일은 나뿐만 아니라 모두에게 중요하다. 그것이 서로가 피해를 주고받지 않으면서 사회가 질서를 유지하는 방법이기 때문이다. 그러나 세상에는 그런 일에 별로 관심이 없는 사람들도 많은가보다. 그렇지 않다면 저렇게 크고 선명하게 적혀 있는 문구를 무시한 채 굳이 내 쪽으로 돌진하듯 마주 걸어오는 사람들을 이리 자주 마주치는 일은 없었을 테니까. 보통 한 시간쯤 걷다보면 마주 오는 세 명 중에 거진 한두 명은 그렇다고 봐야 하는데, 나는 그들과 만나는 일이 조금 힘들다. 규칙을 지키지 않는 사람들과 마주치는 일.

사실 이것은 규칙의 문제라기보다는 이해의 문제에 더 가깝다. 예컨대 비단 산책길이 아니더라도 불 꺼진 극장에서 밝게 빛나는 휴대폰을 꺼내드는 사람이 있다고 치자. 그럴 때 나는 불빛 그 자체보다 그 사람이 그런 행동을 하는 이유가 납득이 가지 않기 때문에 더욱 신경이 쓰인다. 저 사람은 남에게 피해를 주는 행동을 어떻게 저렇게 아무렇지 않게 할 수 있는 것일까?

시간이 지나서의 얘기지만 이듬해 미증유의 코로나 사태를 맞이했을 때 내 모습이 어땠을지 한번 상상해보시라. 무슨 감별사도 아니면서 거리에서 누가 마스크를 쓰고 쓰지 않았는지를 살피기 위해 분주히 눈을 돌리는 나의 모습을. 그리고 그 역시 남들의 그런 행위 자체보다 저들은 어째서 이 위험한 시기에 세상이 정해준 규칙을 따르지 않는 것인지, 왜 남들에게 불안감과 스트레스를 주고 타인의 감염 위험성을 높이는 행위를 아무렇지 않게 하는 것인지를 이해하는 일이 내겐 더 어려웠다.

어느 날 내가 사는 아파트 마당에서 무슨 공사가 벌어져도 그렇게 큰 스트레스를 받지 않는 이유는 납득을 할 수 있기 때문이다. 관리사무소측에서 사전에 왜 그런 일을 해야 하며 언제까지 할 건지 주민들에게 친절하고 합리적으로 설명을 해주니까. 납득할 수 있으면 스트레스는 현저히 줄어든다. 그러므로 이 문제는 내게 소음이라는 물리적 차원이 아닌 이해라는 정신적 차원의 문제에 더 가깝다는 것.

산책

사실 산책이라는 게 가끔 하는 사람들이나 어떤 정신적인 환기가 되지 나처럼 매일 하루 두 번씩 규칙적으로 하게 되면 그것도 일종의 기계적인 행위가 되어버리기 쉽다. 매번 같은 동작이나 생각을 반복하게 되는 것이다.

그날도 그간 쓰던 원고가 영 마음에 들지 않아 굳이 다 버린 후, 약간의 불안감과 홀가분함을 가지고 나선 집 앞 산책길에서 나는 평소와 같은 생각들을 되풀이했다. 어김없이 내 쪽으로 좀비처럼 다가오는 규칙 파괴자들을 마주하고 견디면서, 나 역시 평소처럼 왜 저 사람들은 저렇게 규칙을 지키지 않는 건지 알 수 없는 문제를 여전히 알고 싶어했던 것이다. 마치 운동선수가 정해진 순서에 따라 몸을 풀 듯 그뒤에 하는 생각들도 똑같았다. 나는 저들에 비하면 얼마나 철저하게 법과 제도에 순응적인 인간인지 스스로 감탄하며, 이 사회의 충실하고 바른 시민이라는 자부심과 외로움을 느끼면서 — 홀로 그것을 지키고 있다는 생각에 — 익숙한 코스를 걸었다. 그러고는 한 시간가량의 산책을 마치고 집으로 돌아오는데…… 희한하게 그날만은 전혀 새로운 생각 하나가 떠오르는 것이었다. 아마 그건 원고를 버린 그날의 행위가 사고에 영향을 주었거나 (평소엔 없던 변수), 아니면 기껏 쓰던 걸 버렸으니 이제 또 무슨 글을 써야 할지 막막하고 두려운 기분이 나를 평소와 다른 길로 인도한 것인지도 모르겠다. 아무튼 나는 내가 아주 철석같이 제도와 규칙에 완벽하고도 완전하게 순응적인 사람이라고만 생각해왔는데, 그래서 나는 그 규칙의 파괴자들을 미워할 자격이 충분하다고 생각했는데, 그런 나조차 세상이 정해준 어떤 규칙 하나만큼은 도무지 지킬 마음이 없었다는 것을 처음 깨달았던 것이다. 그것은 내게 놀라움이었고, 그 놀라움이 그렇게 빨리 새 글의 돌파구가 될 줄은 그때만 해도 알지 못했다.

生卽死 死卽生

이런 것이 바로 버리고자 했더니 얻어진 경우인 것일까. 나는 그 놀라운 발견을 행여 잊을세라 얼른 집으로 올라가 컴퓨터 앞에 앉아 홀린 듯 글로 풀어내었다. 회사를 다닐 때에도 당신처럼 지각 한 번 하지 않으며 맡은 일은 반드시 제시간에 해내는 사람이 어떻게 '딴따라'를 하느냐던 말을 숱하게 듣던 나였다. 그토록 사회적 약속에 순응적인 내가 어떤 규칙 하나만큼은 도무지 지키고 싶지 않아 하며 굳이 내 방식대로 하겠다 고집을 부려왔으니. 난 무슨 기준으로 무엇은 지키고 무엇은 지키지 않은 걸까. 나의 이런 선택적 행위는 산책로의 규칙 파괴자들의 그것과는 과연 다른 의미의 행위인 걸까?

뭐 이런 생각들을 글로 구구절절 써내려가는데, 짐작하겠지만 글 쓰는 이에게 이런 순간은 참으로 오랫동안 고기떼를 찾아 헤매던 빈손의 어부에게 끝내 찾아온 수만 마리 갈치떼와도 같은 것이다. 나는 이 '만선'의 순간을 놓칠 수가 없어 밤이 하얗게 새도록 키보드와 씨름을 한 뒤, 다음날 아침 동이 트자마자 담당 편집자에게 내가 낚은 그것을 메일로 보냈다. 지난밤, 우리가 고생고생하며 작업한 원고를 내가 죄다 버린 줄은 꿈에도 모르고 있을 사람에게, 그 갈치떼 같은 시퍼런 글을 부디 이것이 나만의 느낌이 아니길 바라며 건네주었던 것이다. 그러자 곧바로 날아온 답장에서 언제나 내가 쓴 글의 최초의 독자인 그분은 이렇게 말하고 있었다.

— 작가님. 죄송하지만 이상하게 글이 살아 있어요.

대체, 그동안엔 얼마나 내 쥐어짠 글들이 생동감 없이 죽어 있었으면 글이 살아 있는데 이상하게, 그리고 죄송하게라는 토를 달까. 어쨌거나 나는 최근 그분에게 건넨 원고 중 가장 재미있고 살아 있다는 반응에 용기백배. 그렇게 다 포기하고 떠난 산책길 끝에 축복처럼 원하던 진짜 글을 얻을 수 있었던 것이다.

맞춤법과 표기법

나의 책에는 예외 없이 다음과 같은 문구가 실린다.

"저자 고유의 글맛을 살리기 위해 표기와 맞춤법은 저자의 스타일을 따릅니다."

나는 이십대 초반부터 각종 매체에 글을 써왔고, 그동안 남이 맡긴 글을 몇 푼돈에 써서 넘길 때에는 그들이 세상의 약속이자 규칙이 그렇다는 미명하에 '바래'를 '바라'라는 우스꽝스러운 말로 바꾸어놓아도 그러려니 했었다. 허나 내 이름을 걸고 나가는 책에는 그럴 수가 없었다. 나는 말하듯 글을 쓰는 사람인데 이 땅에서 나고 자라 한국어를 모국어로 쓰며 평생을 살아온 사람으로서, 그 평생 동안 단 한 번 들어본 적도 내 입으로 뱉어본 적도 없는 말들을 단지 규칙이 그렇기 때문에 따라야 한다는 말에 선뜻 수긍할 수가 없었던 것이다. 물론 세상의 모든 제도와 법과 규칙들을 각자 자기 판단과 상식에 따라 이것은 이해가 가니까 따르고 저것은 납득이 가지 않는다는 이유로 따르지 않는다면 그 모든 사회적 약속들은 의미를 잃어버리게 될 것이다.

그렇다면 이 맞춤법과 표기법이라는 규칙은 어째서 내 자의적인 판단으로 따르지 않았는가. 그런 내 판단과 행위는 다른 규칙 파괴자들의 그것과는 어떻게 다르고 또 과연 그것들과 달리 정당성이란 걸 갖고 있을까.

규칙

내가 우측통행이라는 규칙에 목을 매듯 내 주위에서도 맞춤법과 띄어쓰기에 유난히 민감한 사람들이 있다. 그들은 사적으로 주고받는 문자메시지에서조차 띄어쓰기와 맞춤법을 철저하게 지키면서 때로 상대가 틀릴 경우 교정을 해주려 들기도 할 만큼 그것이 틀리게 되어 있는 상황을 정말이지 못 견뎌 하지만 나는 알고 있다. 자신들이 완벽하게 그 내용을 숙지하고 있다고 믿는 그들조차 틀릴 때가 있다는 걸.

다음은 어느 신문에 실린 내용*으로, 본인조차 띄어쓰기는 자신이 없다고 고백하는 전 국립국어원장의 말이다.

"'불어佛語'는 붙여 쓰는 것이 맞고, '프랑스 어'는 띄어 쓰는 것이 맞게 돼 있습니다. 똑같은 대상을 가리키는 말이 한 단어가 됐다가 두 단어가 되기도 합니다. 한국말은 어렵다는 인식을 가져옵니다."

복잡하기 짝이 없는 현행 띄어쓰기 규정이 국어를 망친다고 주장하는 그분은 무리한 현행 사이시옷(ㅅ) 규정에 대해서도 지적했다.

"'우리말+한자어'로 구성된 단어는 중간에 사이시옷을 넣게 돼 있어서 '등교길' '차값'은 틀리고 '등굣길' '찻값'이 맞습니다. 그러나 실제로는 '등교낄' '차갑'으로 읽히게 되기 때문에 언어의 된소리화를 조장하게 되는 것이죠."

2008년 국립국어원의 수학 용어 조사 결과, 인터넷에서 '최대값'이라고 잘못 쓴 사례는 '최댓값'이라고 맞게 쓴 사례의 51.2배나 됐다고 한다. 다섯 배도 아니고 열 배도 아닌 무려 오십일점이배라니. 거의 대부분이 쓰지 않는 규칙이란 얘기다. 이처럼 누구도 잘 쓰지 않는 언어에 관한 규칙을 계속해서 만들고 바꾸는 사람들은 누구일까. (물론 그렇다고 해서 그 규칙이 무용하다 단정지을 수는 없지만.) 누가 짜장면을 자장면으로 쓰고 읽으라 정하고 누가 자동차 경적 소리를 표현해야 할 때마다 클랙션이 아닌 클랙슨이라는 웃기고도 괴상한 발음으로 적으라고 요구하는 것일까.

물론 이러한 예들을 내가 옳고 규칙을 따르는 자들이 그르다고 말하고 싶어 거론한 것은 아니다. 규칙은 일단 지키는 행위 그 자체로 미덕이 되어야 한다. 다만 모든 규칙은 완전하지 않으며 점점 보완 발전되어야 하기에 타인에게 피해를 주지 않는 선에서 불합리함을 지적할 수 있어야 한다고도 생각한다. 나는 이 문제에 대해 적잖은 사람들이 크고 작은 문제의식을 갖고는 있지만, 일단은 약속이자 규칙이기 때문에 큰 저항 없이 따르고 있다는 사실을 알았다. 다만 몇몇 작가들이 나처럼 앞서 인용한 문구를 책에 써넣으며 자신만의 예외를 두는 경우를 보았기에 나 역시 그런 방법으로 내 나름의 관례적으로 허용된 불복 절차를 밟게 되었다.

십 년 전 첫 책을 냈을 때 나는 남들보다 이 문제에 좀더 문제의식이 강했기 때문에 그러한 예외적 허용의 범위가 다른 작가들보다 좀 넓긴 했다. 과거형으로 말하는 것은 시간이 지날수록 그 범위가 줄어들었기 때문인데, '프랑스 어'의 띄어쓰기나 짜장면/자장면 같은 예들은 실제로 개정이 되기도 했고 비록 현실 세계에서는 쓰이지 않더라도 이미 책을 읽는 사람들에겐 익숙한 표현이 되어 지면에서나마 통용이 되고 있는 규칙들이 많다는 사실을

알아갔기 때문이었다. 물론 그래도 포기 못하겠는 것은 있었지만
말이다.

* 『조선일보』 2013년 5월 22일자

나의 이러한 고집은 정말 우측통행 규칙을 어기는 산책자들과는 달리 다른 사람들에게 전혀 피해를 주지 않는 일일까? 어쩌면 내가 '바래'를 '바라'라고 쓰지 않고 '바래'라고 썼기 때문에 어떤 독자들은 최소한의 교정교열조차 하지 않았다며 내 책의 편집자나 출판사를 비난했을지도 모른다. 당연히 나의 선택이 모든 이들에게 이해받을 수는 없으며 그들에겐 내가 산책로의 규칙 파괴자들처럼 보이지 않으리라는 법이 없다는 것도 안다. 그러나 글의 리듬과 어감을 생명처럼 여기는 나로서는, 여지껏과 여태껏의 차이란 너무나도 크기에, 내가 선택한 어휘가 설령 표준어가 아니라 해도, 그 사실이 크게 문제되지 않을 때가 여전히 있다.

조건

꼭 맞춤법과 표기법 같은 게 아니라도 작가라면 누구나 글을 쓸 때 자기만의 중요하게 생각하는 부분들이 있다. 주로 집필 스타일이나 환경에 관한 것들인데 누구는 밝을 때만 글이 써져서 해가 지고 나면 아무리 용을 써도 단 한 자도 써지지 않는다는 사람도 봤고 죽어도 사는 곳을 벗어나 여행을 가야만 글이 써진다는 사람도 안다. 나 역시 글을 쓰기 위해 반드시 충족되지 않으면 안 되는 조건이 있는데, 그건 사실 표기법을 따르느냐 마느냐 같은 문제와는 비교도 안 될 만큼 중요한 것이다. 표기법이야 얼마든지 타협할 수 있고 실제로도 그래 왔으나, 이 문제만큼은 결코 양보할 수가 없을뿐더러 도저히 포기할 수 없는 아주아주 중요한 문제가 있는데 그건 바로 수정이다.

그걸 할 수 없으면, 그걸 할 수 있는 기회가 무한히 허용되지 않으면, 난 글쓰기뿐만이 아니라 어떤 것도 하지 못한다.

한 가지 희한한 것은, 책을 사고 읽는 사람들의 수는 나날이 줄어간다는데, 글을 쓰고 책을 내고 싶어하는 사람들의 수는 늘면 늘었지 결코 줄지는 않는 것 같다는 점이다. 블로그나 기타 다른 경로를 통해 글쓰기에 관해 물어오는 사람들이 여전히 너무나 많은 걸 보면 말이다. 한마디로 어떻게 하면 글을 잘 쓸 수 있을까, 하는 것이 고민인 것인데 나는 몇 가지 이유로 그런 질문에는 잘 답을 하지 않지만 이것 하나만은 말하고 싶다.

비단 글쓰기뿐만이 아니라 누군가에게 뭘 물어볼 때는 자신의 질문이 얼마나 구체적인지 한 번 살펴보면 어떨까. 막연하게 글을 잘 쓰고 싶습니다. 어떻게 하면 될까요 하고 묻는 사람과 나는 장차 어떤 글을 어떤 이유에서 쓰고 싶은데 그래서 무엇을 어떻게 해왔는데 그런데도 별로 나아지는 것 같지 않으니 그렇다면 무엇이 잘못된 것인지, 이럴 땐 어떻게 해야 하는지를 묻는 것에는 많은 차이가 있을 것이다. 누군가의 질문이 구체적일수록 그는 이미 구체적으로 뭔가를 해온 것이고 그만큼 그의 삶은 구체성을 띤 것이리라. 그런 사람이 얻을 수 있는 건 누가 어떤 조언을 해주건 단편적이고 무성의한 질문을 던진 사람과는 많은 차이가 있지 않을까.

수정

수정. 고치고 다시 하면서 더 나은 상태로 만들어가는 것.

　내가 그것을 나의 글, 아니 삶의 방식으로까지 삼게 된 것은 십오 년 전 와인을 팔던 때의 경험 덕분이다. 창작자는 보통 남의 돈으로 일을 하게 되는 경우가 많기 때문에 작업의 기간이나 여건에 어떻게든 제한을 받기 마련이다. 영화감독이든 뮤지션이든 정해진 예산과 기간 안에 설령 더 만질 곳이 있더라도 어떻게든 마무리를 지어야만 하는 것이다. 나 역시 그전까지는 늘 일정에 쫓기며 미완의 결과물을 내야만 했다.

　그러던 어느 날 내 돈으로 차린 내 가게가 생기면서 나는 신세계를 경험하게 된다. 더는 누구의 눈치도 볼 필요가 없게 되자 하고 싶은 것을 거의 무한히 할 수 있게 된 것이다. 나는 밤마다 손님들이 앉는 의자와 테이블을 다시 배치하고, 일 년 내내 메뉴를 다듬고, 가게의 온갖 세세한 부분을 고치면서 보다 완벽한 공간으로 만들고자 하는 일을 멈추지 않았다.

어느 날 내 이런 모습을 본 한 친구가 말했다. 손님들을 편하게 해준답시고 너가 너를 그렇게까지 힘들게 하면, 손님들도 편할 수가 없을 거라고. 그러니까 이제 고만 좀 하라고.

안 그래도 와인 바 하나 하면서 이렇게까지 하는 것이 과연 정상인지, 내가 너무 과도한 것은 아닌지 회의가 들던 차에 친구의 듣기에 그럴싸한 말은 나를 흔들었다.

주인이 편해야 손님들도 편한 법이야.

나는 묘하게 그럴듯하면서도 한편으론 잘 동의가 되지 않던 그 말을 곱씹다가 결국 하던 시도들을 중단하지 않았고 그런 집요한 과정을 알 리 없는 손님들의 입에서 점점 공간이 편하다, 음식이 맛있다는 말이 늘어가는 걸 보면서 알게 되었다. 남이 뭐라든 내가 옳다고 믿는 대로 끝까지 가보는 것이 얼마나 중요한지, 그게 실제 현실에서 얼마나 효과가 있는지를.

물론 애초에 내가 능력자라서 그만큼 많은 기회가 필요하지 않아도 하자 없는 완성품을 낼 수 있는 사람이었다면 가장 좋았을 것이다. 하지만 나로서는 그렇게라도 내 능력에 맞는 방식을 찾을 수 있었던 것이 분명 행운이었고 이후 글을 쓰거나 또다른 어떤 일을 하든 간에 그것은 거의 평생토록 나의 방식이 되었다. 누가 뭐라든 될 때까지 고치고 또 고치는 것.

수정 2

나는 세상의 모든 글이 쉬워야 한다고 생각하지는 않는다. 그러나 적어도 내가 쓰는 글은 가능한 읽기에 쉽고 이해하기도 편해야 한다고 믿는다. 그러기 위해서는 수도 없이 다시 고쳐쓰는 고단한 과정이 필요하다. 내가 고단한 만큼 독자들은 편하기 때문이다. 만약 내가 가게를 할 때 '주인이 편해야 손님들도 편하기 마련'이라는 친구의 그럴싸한 말에 넘어갔더라면 아마 쓰는 나는 수월하되, 읽는 사람은 무슨 말인지를 몰라 헤매는 글을 썼을지도 모른다.

물론 단지 쉬 읽히는 글을 쓰기 위해서만 수정을 하는 것은 아니다. 내가 표현하고자 하는 바가 잘 전달이 되고 있는지, 더 나은 표현, 더 나은 문장이 될 수는 없는지, 글에 다른 문제는 없는지 등을 살피며 가능한 정확하고 완벽한 문장이, 또 글이 될 수 있도록 반복해서 고치는 것이다.

그래서 내게는 이 수정이란 과정이 너무나도 중요하기에, 심지어 그 작업은 책이 세상에 나오고 나서도 계속된다. 음악을 할 때에는 그러지 않았다. 레코딩은 말 그대로 그때 그 순간의 기록이며 그래서 의미가 있는 것이기 때문에 일단 작품이 세상 빛을 보고 나면 아무리 유혹을 느껴도 어떤 형태의 재작업도 해본 적 없고 그래서도 안 된다고 믿었다.

그러나 책은 달랐다. 책은 앨범처럼 순간의 기록물이라기보다는 보다 긴 호흡을 통해 완성이 되어가는, 변화의 여지가 많은 매체로 내겐 이해되었는데 그것은 바로 중쇄라는 과정 때문이었다. 중쇄란 찍어놓은 책이 다 나가서 새로이 부수를 늘려 찍는 일을 말하는데 이때 점 하나 넣고 빼는 것에서부터 글의 순서를 바꾸고, 문장을 아예 다시 쓰는 등 어떤 수정도 할 수 있었기 때문에 나는 그때마다 내 글들이 보다 완벽한 고정물이 될 때까지 계속해서 수정을 해갔다. 첫 책 『보통의 존재』는 심지어 출간 십 년이 지난 지금까지도 그 일을 계속하고 있는데 그런 긴 수정을 하게 된 데에는 중간에 어떤 계기가 있었다.

물론 중쇄란 독자들의 특별한 축복이 있어야만 가능한 일이어서 매번 그런 기회가 주어지지는 않는다. 그래서 더 선물 같은 것이기도 하고.

수정 3

첫 책의 성공 이후 두번째 책에서 상업적으로 실패했던 나는 불안 속에 낸 세번째 책의 반응이 좋아서 안도하고 있던 터였다. 난생 처음 베스트셀러 1위를 기록한 후 해를 넘기도록 여전히 베스트셀러 코너의 가장 높은 곳에 내 책이 자리하고 있던 어느 날. 몇몇 독자들로부터 모종의 메시지를 받기 시작했다. 많은 수는 아니었지만 그들의 지적과 반응이 워낙에 진지하고 격렬했기에 나의 뇌리에 남을 수밖엔 없었고 내 글의 어떤 면이 이런 감정을 불러일으키는 것일까 궁금해 알아보게 된 것이 시작이었다.

가령 다른 책이지만 동일한 맥락의 문제를 갖고 있던 책 『보통의 존재』에서 어린 나는 아버지의 잘나가는 후배 옆에 서 있던 그의 애인을 전리품으로 묘사하고 있다. 여성을 남성의 어떤 성취의 일부로 여기는 명백히 잘못된 표현이었다. 그러나 십 년 전의 나는 그런 표현을 아무런 문제의식 없이 썼고 심지어 글을 교정했던 출판사나 읽은 독자들도 그게 문제인지 크게 인식하지 못한 것이 사실이었다. 그러나 지금껏 문제인 줄 모르고 지나쳐왔던 많은 일들이 이제는 문제가 되는 시대가 되었다. 애초에 문제였으나 이제야 알아채고 공론화하기 시작했다고 보는 게 맞을 것이다. 덕분에 나는 책을 낸 지 칠 년 만에 내 글에서 내가 여성을 보고 대하는 방식에 문제가 있다는 것을 깨닫기 시작했다. 그것은 점 하나를 찍었다 빼는 것하고는 비교할 수 없는, 어쩌면 경우에 따라서는 책을 통째로 다시 써도 모자랄 거대한 변화였다. 그때부터 나는 앞으로 쓰게 될 글은 물론이고 지금껏 써왔던 글 역시 전면적인 수정을 도모하게 되었으니, 이러나저러나 수정이란 행위는 내게 도무지 멈출 수 없는 작업인 것만은 분명했다.

처음에는 주로 글을 위한 수정, 다시 말해 어떤 개인적 수정에 머무르던 것이 점차 사회적 수정으로까지 확대되어 갔던 것이다.

창작자가 자신을 소비해주는 독자 대중의 의견을 듣고, 작품에 반영하는 것은 결코 부끄러운 일이 아니다. 요는 진심으로 시대를 이해하고 받아들이느냐의 문제일 뿐.

수정 4

그때, 소수였지만 독자들로부터 메시지를 받은 후 나로서는 우선 그 문제를 받아들이는 과정이 필요했다. 그러한 문제제기가 타당한 것인지 알아보고 공부하는 과정을 거친 것이다. 그 결과 너무나 심각한 사안이라는 걸 느꼈기에 많은 부분들을 고쳐야겠다고 생각은 했지만 그 역시 간단한 일은 아니었다. 고치는 자체는 문제가 아니었는데 고칠 땐 고치더라도 어떤 기준이 있어야 했다. 가령 시대적 기준이 달라질 때마다 매번 글을 고쳐야 하는가? 라는 의문이 성립될 수도 있을 것이다. 그러나 젠더 문제는 단순한 시대적 흐름이 아니었다. 이제 누구에게든 세상은 이 문제로 각성하기 이전으로는 다시는 돌아가지 않을 것이었다.

다만 또 그렇다고는 해도, 까마득한 옛날, 그때의 그 잘못된 시각을 가진 어린아이의 생각이 담긴 표현을 과연 사십 년 후 지금의 반성하고 각성한 어른의 기준으로 고치는 것이 과연 옳은 것인가, 그 시대가 그랬다는 것을 틀렸으면 틀린 대로의 기록으로 남겨두어야 하는 것은 아닌가, 하는 고민이 있었다.

결과적으로 나는 꽤 여러 부분을 고치게 되었는데 그러한 기록은 나 아니더라도 세상의 다른 창작물들에서 워낙 많이 존재해왔기 때문이었다. 또한 아직 발견을 못해서, 아니면 내 각성이 부족해서, 혹은 나름의 이유로 여전히 고쳐지지 않은 것들이 있다. 이러한 것들과 앞으로도 행여 내가 글 안에서 범할 잘못과 실수들에 대해서는, 적어도 내가 이 문제에 대해 고민하고 있고 언제든 반성할 준비가 되어 있다는 것을 독자들에게 계속해서 밝히려 한다. 그것이 이 시대의 창작자의 태도이자 윤리라고 믿기 때문이다.

수정 5

그즈음부터 젠더 문제뿐만이 아니라 창작자의 창작 윤리에 대해서도 그 어느 때보다 독자들의 시대적 요구가 높아져갔다. 계속해서, 예전엔 문제가 되지 않던 많은 것들이 문제가 되어갔다. 오랫동안 고전으로 불리던 수많은 작품과 그 작품을 만든 이들의 삶이 지금의 잣대로 재평가되었다. 이것은 결코 간단히 판단하고 언급할 문제가 아니지만, 다행히 나는 아직 살아 있는 인물이기에, 어쨌거나 수정의 기회가 주어졌다. 세상은 이제 글뿐만 아니라 인간으로서도 작가로서도 계속해서 너 자신을 수정하고 달라지라고, 윤리적으로나 도덕적으로나 더 나은 존재가 되라고, 예술이 인간보다 위에 있을 수는 없다고 말하고 요구하고 있었다.

인간으로서 작가가 조심해야 할 부분들은 뭐가 있을까. 생각해보면 종종 터져나오는 작가의 갑질 문제는 나 역시 작은 부분에서나마 변화를 주게 했다. 가령 내가 무슨 대작가는 아니기 때문에 내게 어떤 큰 힘이 있거나 하는 것은 아니지만, 어쨌든 나는 상대적으로 책을 많이 파는 축에 속하는 사람이고 그럼 회사의 입장에서 볼 때는 엄연히 갑일 수 있는 위치에 있다. 그렇기 때문에 내 책을 만들어주는 에디터들과 또 내 책을 알리고 팔아주는 마케터들 등 함께 일하는 사람들을 대할 때에도 더더욱 조심하는 계기가 되었다.

예를 들어 근무 시간 외에는 연락하지 않기가 있다. 나는 음악을 했기 때문에 퇴근 시간이 따로 없는 생활을 오래 해왔다. 물론 작가도 그 점에선 다를 바 없지만 문제는 음악을 할 때와는 달리 나와 같이 책을 만드는 사람들은 퇴근이라는 게 있는 직장인이라는 사실이었다. 처음에는 퇴근 시간이 지나면 물어보고 싶은 것이 있어도 물어보지 못하는 시간들이 너무 갑갑했다. 나는 퇴근이라는 게 없이 계속해서 일을 하니까. 그러나 결국 내가 참고 적응해야 할 문제였다. 물론 이것이 완벽하게 지켜지진 않는다. 출간을 앞둔 급박한 시점이라든가 하면…… 그럴 때는 계속해서 양해를 구해야한다. 에디터들의 '괜찮아요, 작가님'이란 말은 어지간해서는 믿으면 안 되기 때문에.

뒤풀이도 그랬다. 처음 책을 내고 사인회 등 행사를 한 다음 회사 분들과 둘러앉아 맛있는 걸 먹으며 대화를 나누는 시간들이 난 그렇게 즐거웠다. 당연히 내가 주인공이고 다들 내 말에 귀기울여주고 웃어주니 즐거울 수밖에. 나중에 보니 그게 다 그들에겐 업무의 연장이었다는 것을 알게 된 후로, 나는 그 일을 하지 않는다. 정 같이 밥을 먹을 일이 있으면 근무일 점심시간 같은 때 찾아간다. 다만 네번째 책을 내고, 같이 고생했던 디자이너와 에디터를 창덕궁 앞에 있는 프렌치 레스토랑에 초대해 저녁을 대접한 적은 있다. 물론 그리해도 괜찮겠는지 물어보고 또 물어보는 과정은 필수였다.

짐작하겠지만 나는 나를 들들 볶으며 사는 사람이다. 일을 할 때에도 그러하기에 나와 같이 일하는 사람들 역시 편하기가 어렵다. 나 같은 스타일의 창작자가 집념 있는 예술가로 포장되던 시대는 지났다. 이제는 같이 일하는 사람들의 상황과 처지를 끊임없이 살피면서 작업하지 않으면 안 된다.

올해 초, 나는 지친 몸과 마음을 회복하기 위해 어떤 경우에도 나 자신을 탓하는 일만은 하지 말자고 다짐했었다. 그런 과정을 거쳐 이제 어느 정도 마음의 건강과 체력을 회복했으니 이제는 그것을 해도 된다고 생각했다. 반성. 그것은 내 탓을 하는 것과는 엄

연히 다른 차원의 일이다. 어떤 일의 책임 소재를 가리는 문제가
아니라 그저 더 나은 인간이 되기 위한 일이니까.

내가 만든 많은 것들이 그러했듯이 나라는 글 역시 살아 있는
한 계속 다시 쓰여져야 하리라. 책 한 권을 십 년이나 고쳐야 하는
주제이니만큼, 사람인 나를 고치는 일은 평생 해야 하지 않을까.

그리하여 오늘도 수정은 계속된다. 글뿐 아니라, 인간으로서도
작가로서도.

살아 있는 한 수정은 계속된다.

글뿐 아니라, 인간으로서도 작가로서도.

12월   1부 어른이 되는 꿈

D-31

　사람이 평생 누리는 관계란 것도 생로병사와 같은 일종의 흐름이 있다. 사람이 사람 때문에 외로울 때도 있고, 유난히 행복한 시기도 따로 있는 것이다. 내게는 삼십대 초반이 관계의 절정이었다. 그때는 늘 만날 사람들이 있어서 무리에 속해 있다는 안도감, 친구를 만나러 갈 때면 느껴지는 설렘 같은 감정들을 넘치도록 맛보며 살았다. 돌이켜보면 사람 때문에 맛볼 수 있는 가장 큰 행복감을 누리던 시절이 아니었나 한다. 모든 좋았던 것들이 그랬듯 나는 그 시절이 영원할 줄 알았다. 그들과 늙어서까지 함께할 줄만 알았던 거다. 그러면 나이먹는 일쯤 그렇게 쓸쓸하지만은 않을 것 같았는데. 그러다 서른세 살에, 그 계획이자 소망의 가장 핵심적인 위치에 있던 인물이 죽었다. 가장 친했던 사람이자 내 인간

관계의 구심점 역할을 하던 친구가 갑자기 세상을 뜨고 말았던 거다. 나는 계획에 없던 일이 벌어져 당황했고, 이후 나름의 노력에도 불구하고 나의 인간관계의 그래프는 다시 오를 일이 없었다.

속절없는 하강 곡선.

그때 만나던 그 많던 사람들은 지금 다들 어디에 있는 것일까? 우리들 중 누가 다툰 것도 아니고 그저 멤버 하나가 죽었을 뿐인데. 이후로도 몇 년간은 서로를 잘 챙겼던 것 같은데. 어느 순간 돌아보니 다들 뿔뿔이 흩어지고 내 주위는 고요했다. 관계가 생성되고 그 세가 커져가다 절정기를 거쳐 마침내 소멸의 길로 접어든 것이었다.

십 년 전 첫 책을 낼 때 출판사에서 '네가 아는 셀럽들 백 명의 주소와 연락처를 적어내'라고 해서 깜짝 놀란 적이 있다. 백 명이요? 유명한 사람을 백 명씩이나?

사람들에게 이름이 알려져 있는 이들이 책을 언급해주면 아무래도 홍보가 되기 때문에 그랬을 것인데, 나도 할 수만 있다면 응하고 싶었지만 백 명은 고사하고 글쎄 한 일고여덟 명? 그게 내가 아는 그나마 좀 나간다는 사람들의 전부였고 지금은 그들과 가늘

게 이어지던 인연의 끈도 거의 끊어졌다.

내 탓일까? 아니. 관계에도 생로병사와 같은 일종의 흐름이 있다고 했다. 그러므로 사람은 나이를 먹으면 먹을수록 관계의 폭이 좁아지기 마련이다. 나는 이 사실을 포털 사이트 뉴스란의 누군지 알지도 못하는 사람들의 무수한 댓글에서 배웠다. 나 말고도 너무나 많은 사람들이 같은 이야기를 하고 있었기 때문이었다.

그러니 지금 내가 다소간 단출한 관계를 누리고 있다고 해서 그게 내 탓은 아니다.

이제는 무슨 일이든 그게 중요한 것 같다. 내 잘못이 아니라는 것. 조금 있으면 나이가 오십이 되는 이 시점에서 내가 내린 인생의 중간 결론 역시 그러하다.

인생은 원래가 공격보다는 수비가 더 중요한데 이제는 정말로 나를 지키는 일이, 세상에 나가 나의 영토를 찾아 깃발을 꽂는 일보다 훨씬 더 중요해진 때가 된 것이다.

그러고 보니 이제 나의 사십대도 한 달밖엔 남지 않았다.

나이

사실 나이란 것에 대해 그렇게 큰 생각은 없다. 내가 내 나이 마흔아홉 동안 보낸 일 년을 이렇게 책에 담은 것은 그때 내 몸과 마음이 무너져 나라는 사람을 처음부터 다시 일으켜 세워야 했기 때문이지 오십이 되기 직전이라는 시기 자체에 의미를 두어서는 아니었다.

다만 내게 나이는 분명 숫자 이상의 의미이고 그만큼의 한계라고 생각하지만, 그러나 그 한계가 두려움을 의미하지는 않았다. 그래서 나는 나이를 이기려고 들거나 거기에 구애받지 않으려고 굳이 애쓰기보다는 그저 나이답게 사는 것에 더 관심이 많았다. 나이에 맞는 삶과 태도를 갖는 것.

내 나이에 걸맞는 모습은 무엇일까.

어른이 되는 것일 테다.

어른

미혼의 중년 남자들이 티브이에 나와서는 철없는 기행을 펼쳐 보이는 모습을 보는 일이 나는 조금 힘들다. 지금 우리 사회에 필요한 건 나이를 먹어서도 순수함을 잃지 않는 어른 아이가 아니라, 자기가 먹은 나이답게 행동하고 사고하는 진짜 어른이 아닐까 싶어서다.

나는 삶에는 큰 미련이나 욕심이 없었지만 어른이 되는 일에는 일찍부터 관심이 많았다. 나는 애송이처럼 성급하게 인생의 결론을 내리고, 자신이 본 것이 전부인 양 판단하고 행동하는 그 모든 나의 미성숙을 참기가 어려웠던 것 같다. 그래서, 나는 지금 얼마나 어른일까.

아버지는 어릴 적 나의 열등감의 원천이었다. 아버지는 나와 달리 구름처럼 많은 사람들과 어울리셨고 그 힘으로 집안 대소사의 어떤 문제도 다 해결하셨다. 명절이면 과일이며 갈비 세트 같은 선물 상자들이 거실을 빈틈없이 메웠다. 그래서 나도 어른이 되면 자동으로 그런 사회적인 관계들이 맺어져서 가족 친구들의 문제를 해결해주기도 하고, 그들과 명절날 선물도 주고받으면서 그렇게 살게 될 줄 알았다. 그게 내가 보고 자라며 이해했던 어른의 삶이요, 나의 아버지의 모습이었다. 중년 남성으로서 이 사회의 번듯한 일원으로 살아가는 것.

그러나 내가 적어도 숫자상으로는 어른의 나이가 되었을 때, 아버지가 갖고 있었던 그 어른의 조건 중에서 내가 가진 건 아무것도 없었다. 나이를 먹는다고 해서 자동으로 주어지는 건 아무것도 없었기 때문이었다. 아버지는 완벽한 어른이자 가부장제하의 그야말로 가부장이었으나 나는 전혀 그런 세계에 진입을 하지 못했다.

어른의 자질이라는 측면에서, 여기까지 아버지의 모습은 나와는 비교가 안 될 만큼 압도적이었지만, 당신이 하시던 일을 모두 접고 은퇴를 하면서 문제는 달라지기 시작했다.

어른 2

    젊어서도 무엇에 그렇게 연연하는 타입이 아니시긴 했지만 아버지는 노후의 삶에 어떤 계획이나 기대도 없으셨던 것 같다. 아버지는 그 많은 시간을 자기 방에서 종일 골프 채널만 보며 지내셨다. 아직 남은 세월이 한참이신데 뭔가 새로운 생활을 도모하지 않는 아버지가 잘 이해 가지 않았지만 뭐 거기까지는 문제랄 게 없었다. 아버지가 선택한 아버지의 노년의 삶이었으니까. 그런데 어느 순간부턴가 아버지의 그런 삶의 태도가 문제가 되기 시작했다. 아버지는 퇴임 후 그저 집에 주저앉으셨고 손가락 하나 까딱하지 않으신 채 엄마가 해주는 모든 것들을 받아만 드시며 사셨다. 엄마의 불만은 쌓여갔고 그 모습을 보는 나의 마음도 편치가 않았다.

십 년 전쯤, 아버지가 퇴임식을 치르시고 집에 들어앉으신 지 얼마 뒤. 나는 거실에서 손에 작은 휴지 조각을 든 채 그걸 엄마가 받아서 대신 버려줄 때까지 어쩔 줄 몰라 하며 서 계시던 아버지의 모습을 잊을 수가 없다. 참으로 외람되고 불효막심한 말씀이나 그 연세에 자기 집에서 휴지통을 찾아 휴지 하나를 버리지 못하는 모습을 나는 어른의 삶이라 받아들일 수가 없었다. 이후로도 아버지는 오랫동안 달라지지 않으셨고 그런 아버지를 보면서 점점 나의 어른의 기준은 바뀌어갔다. 어릴 적 아버지가 내게 준 어른 남성의 이미지란 건 중년의 호탕한 웃음소리, 친구의 자식을 만나면 지갑에서 빳빳한 새 지폐를 꺼내 용돈으로 쥐여주고, 좋은 차를 타고, 문제를 해결할 수 있는 세속적인 지위와 능력을 갖추고, 그 밖에도 뭐 남 보기에 번듯한 가정을 일구는 주로 그런 것들이었으나 이제 그 옛날 아버지의 나이가 된 지금의 내게 어른은 더이상 그런 게 아니었다. 이제 나는 밖에서 소위 말하는 큰일을 하기보다 내 집 내 방 안에서 내 할일을 스스로 하는 것이 더 중요한 사람이 되었다. 모든 것을 타인에게 의존하며 누군가 곁에서 챙겨주지 않으면 아무것도 하지 못하는 모습은 결코 내가 생각하는 성숙하고 독립적인 어른이라 할 수가 없었다.

비단 살림과 생활뿐만이 아니다.

내가 생각하는 어른이란, 정신적인 부분에서도 홀로 스스로의 삶을 문제없이 꾸려갈 수 있어야 했다. 남에게 의존하기보다는 자신의 정신적인 독립성을 유지하기 위해 노력하는 것. 이 역시 누가 옆에 있고 없고와는 상관이 없는 문제이다. 누구와 어떤 관계를 맺든 사람은 결국엔 혼자 보내야 하는 시간들이 압도적으로 더 많을뿐더러, 그 시간을 잘 보낼 줄 아는 사람의 삶의 만족도가 그렇지 못한 사람의 경우보다 더욱 높기 때문이다.

말이 나온 김에 얘기지만 나는 그 일에 좀더 일찍 담백해질 필요가 있었다. 누군가를 연애 감정으로 만나고 헤어지는, 내가 젊어서 한 그 모든 일들 말이다.

연애

우리는 살면서 사랑과 연애라는 환상에 너무 많이 학습되고 길들여져왔다. 사람은 연애를 해야 하고 그럴 때 느끼는 감정이란 게 마치 사람이 느낄 수 있는 가장 고결한 가치인 것처럼 책이, 영화가, 방송이 끊임없이 귓가에 속삭여온 탓에 지금도 수많은 사람들이 누군가를 만나고 또 기다린다. 하지만 내 생각에 연애란 인생에서 반드시 해야만 하는 일이라기보다는 그저 택할 수 있는 여러 선택지 중 하나일 뿐이다.

예전의 나 역시 언제나 누굴 기다렸다. 그가 나의 삶을 구원해주리라 기대하면서. 나의 그런 기대를 부추겼던 수많은 말들 중에 언젠가 들은 '영혼의 짝' 같은 표현은 정말이지 너무도 로맨틱해서, 정말 그런 존재를 만나기라도 한다면 내 삶이 통째로 바뀔 것만 같은 기분에 사로잡힌 적도 있었지만 그런 일은 벌어지지 않았다. 나 역시 누군가에게 그런 존재가 되어준 적 없음은 물론이고.

돌이켜보건대 그런 것들은 일종의 환상이자 현혹이 아니었을까? 세상에 단 한 사람, 그렇게나 운명적인 나만의 짝이 있다는 게 말이다. 나는 지금 우리가 흔히 사랑이라 부르는, 사람이 사람을 연애 감정으로 좋아하는 순간의 특별함을 부정하는 것은 아니다. 다만 나는 사랑과 연애 이전에 더 중요한 것이 있다고 믿는다.

바로 혼자서도 잘 살아갈 수 있어야 한다는 것이다.

이런저런 연애를 거듭하면서, 그게 내게 줄 수 있는 건 늘 비슷했고 짧았던 좋은 시간들이 지나면 결국엔 항상 덩그러니 혼자가 되었다. 그러고 나면 또 습관처럼 다른 사람을 만나야 한다고 생각했다. 왜냐하면 나는 내가 원래 외로움을 많이 타는 편이라, 스스로는 그걸 결코 떨치기 어려울 거라 믿었기 때문이다. 그러나 아무리 사람을 만나도, 잠시 덜어지는 듯하던 외로움은 결코 사라지지 않았고 나는 점점 나의 행복을 타인에게 의탁하는 그 일을 되풀이하기가 싫어졌다.

굳이 누굴 만나지 않아도 혼자서 씩씩하게 잘 살아갈 수는 없을까. 나는 그게 안 되는 인간인 걸까.

그게 시작이었다. 내 모습이 마음에 들지 않을 때 그냥 수긍해버리는 게 아니라 계속 그것을 거부하고 바꾸려드는 마음을 버리지 않는 것. 나에게 의문을 갖고 대화를 시도하고 설득해보는 것.

홀로서기

그리하여, 타고난 외로움을 스스로는 결코 떨칠 수 없을 거라 믿었던 나는 언제부턴가 짝 없이 홀로 지내도 그럭저럭 나만의 시간을 영위할 수 있는 사람이 되었다. 어떻게 그럴 수 있었을까. 하나 확실한 건 바라는 게 달라졌다는 점이다.

어쩜 너무 당연한 얘기인 게 사람이 연애가 하고 싶으면 상대를 찾고, 자신을 꾸미는 등 그에 관한 노력을 하게 되듯이, 혼자서도 잘 살고 싶다 고민하고 애를 쓰다보면 어떻게든 방법을 찾게 되고, 자연스럽게 그에 부합하는 성취와 변화들이 따를 수밖엔 없는 것이다.

그러므로 여기서 아주아주 중요한 포인트.

바라는 게 달라지면 결과도 달라질 수 있다는 것.
다시 말해 바라는 게 달라지는 것만으로도 사람은 다른 사람이
될 수 있다는 것이다.

건강하지 않으면 결코

그 모든 독립적인 삶을 누릴 수 없는지라

오늘도 걷고 또 걷는다.

건강만이 내 힘이고 내 위안이라서.

반전

약간의 반전이라면 반전은 이제 혼자서도 충분히 잘 지내야 한다고 생각하고 실제로 그렇게 된 상태에서 어느 날 의도치 않게 연애를 하게 되었는데, 혼자서는 도저히 도달할 수 없었던 어떤 강력한 정서적 안정감이 드는 것을 보고 잠시 좌절했었지만, 나중에서야 알게 되었다. 나는 한 번도 연애를 하면서 이렇게 안정적인 시간을 보낸 적이 없다는 것을. 홀로 잘 지내야 누굴 만나도 더 좋은 시간을 보낼 수 있고, 그러면서도 자신의 개인적인 생활을 여전히 포기하지 않게 된다는 걸 깨닫게 되었던 것이다.

구분

    홀로 잘 지낸다는 건 단순히 짝이 있고 없고의 문제만이 아니라 인간관계에서 겉치레와 낭비를 걷어내고 꼭 필요한 사람들과만 관계 맺으며 살아간다는 뜻도 된다. 그게 가능하려면 나 같은 사람은 우선 남의 시선으로부터 자유로워져야 했다. 친구가 많지 않다는 사실을 남에게 알리는 일이 주저되거나 혼자 다니는 일이 부끄럽지 않을 수 있어야 했다고 할까. 그러기 위해서 나는 계속 나와 대화하고 나를 설득했다. 나는 그렇지가 못한 사람이었기 때문에.

    나는 계속해서 내게 물었다. 주위에 사람이 적다는 게 과연 부끄러워할 일인지. 인생에서 그런 게 중요한지. 여전히 '너'는 집안 대소사에 너의 하객으로 올 사람이 몇이고 그들의 면면은 어떤지와 같은 문제들이 중요한지. 스스로에게 물었을 때 부끄럽지만 난 얼마 전까지 그렇다고 대답했다. 아버지의 영향으로 평생 그런 걸 중요하게 생각해왔기 때문인데, 모르겠다. 적어도 난 그런 걸 원하면서도 한편으론 그런 데 신경쓰는 내가 싫었다. (마치 외로움을 타면서도 그런 내가 싫었던 것처럼.) 그래서 그런 나와 계속 갈등했던 것 같다. 난 달라지고 싶었으니까. 그래서 나를 설득하기 위해 지치지 않고 물었다. 너 정말 한 번뿐인 인생에서 그런 게 신경쓸 가치가 있다고 생각하는 거야? 남의 보는 눈이라는 게 정말 너한텐 그렇게까지 중요해?

생각해보면 무슨 일을 하든 늘 가장 먼저 고려하는 것이 내가 아닌 남이 보기에 어떨까 하는 것이다. 정말 놀랍게도 그런 생각들이 삶 전반을 지배해왔다. 이해가 가는 측면도 있다. 남의 눈에 들어야만 생존할 수 있는 생활을 평생 해왔으니 그러는 것도 무리는 아니었다. 그러나 그것은 어디까지나 일의 영역이고, 내 사적 시간은 엄연히 구분되었어야 했는데, 나는 그게 되지 않았다.

일과 내가 동일시되어서는 안 되는데. 그러면 안 되는 거였는데.

나는 삶에 있어서 '구분'을 할 줄 안다는 것이 얼마나 중요한지를 알았다. 공과 사를 구분하고 일과 사생활을 분리하여 불필요한 에너지를 소모하지 않으며 살아가는 것. 나 개인의 일에서까지 타인의 시선을 의식하는 버릇을 없애도록 노력해가는 것.

한마디로 인생에서 무엇이 더 중요하고 덜 중요한지를 구분할 줄 아는 것.

그 역시 내가 고대하던 성숙한 어른의 모습이었다.

자유

    나 역시 속물적인 구석이 있고 남의 시선을 어지간히 신경쓰는 사람이다보니 날 설득하고 변화시키는 게 쉽지만은 않았다. 그렇지만 난 겉치레에 빠져 사는 것, 그리고 어떤 굴레에 메여 사는 것역시 너무 싫은 사람이다보니 결국 내가 원하는 대로 되어갔다. 무엇이 진짜 행복이고 진짜로 내가 추구해야 할 삶인지 포기하지 않고 고민한 결과였다. 아는 영화감독님의 부친상에 갔다가 장례식장 복도에 늘어선 그 엄청난 조화들의 화려한 면면들을 보면서, 전 같았으면 남들은 이해 못할 초조감에 시달렸겠지만 난 이제 더는 그러지 않는다. 남의 시선이라는 게 신경을 쓰기 시작하면 족쇄보다 더 무섭게 결코 벗어날 수 없을 만큼 사람을 옭아매지만 아무것도 아닐 수 있게 되면 그것만큼 허무할 정도로 또 아무렇지 않은 게 없기 때문이다. 계기도 있었다. 또다른 아는 분이 가족상을 당해서 찾아갔더니 그분의 사회적 지위에 걸맞지 않게 조문객이 많지 않은 것이었다. 나중에 그 이유를 알았는데 당시 그분의 집안 사정상 장례를 치르다 식구들끼리 분란이 일어날 소지가 있어서, 남들한테 그거 보여주기 싫다고 아무도 부르지 않았다는 것이었다.

그분의 말을 들으면서 나는 아, 저런 삶의 방식도 있구나, 했다. 아무리 그렇다고 저렇게 아무도 오지 않아도 상관없을 수 있는 거구나. 난 그분의 그런 태도가 신선했고 왜 그런지 그 순간 남의 장례를 보며 내 마음이 편해졌다. 왜냐하면 난 그때까지 일생을 나나 내 가족이 죽었을 때 조문객이 안 오면 어쩌지 하는 생각만 하고 살았으니까. (구리지만 사실이다.)

나는 열한 식구 대가족이 북적거리는 집에서 태어나 집안 대소사 때면 친척 지인들이 오백 명 천 명쯤은 우습게 모이는 집에서 자랐다. 어려서 항상 그런 장면들을 보고 자랐기 때문에 늘 마음의 짐처럼 내가 어른이 되어 집안의 큰일을 치러야 할 땐 어떻게 해야 하나 하는 걱정 아닌 걱정을 달고 살았다. 그것은 내가 나이를 먹으면서 점점 더 현실적인 문제가 되어갔음은 물론이다.

그랬던 내가, 세상에서 별로 잘나가지 않아 집에 무슨 일이 생겼을 때 변변한 곳에서 화환 하나 내 앞으로 오지 않아도, 내 친구 지인들 떼거지로 몰려오지 않아도, 뭐 어쩌겠나 하는 마음이 들었을 때. 더이상 그런 게 중요하지 않아 설령 사람이 적게 와도 뭐 그럼 어때, 그냥 형편대로 사는 거지 뭐 하며 허무할 정도로 편한 마음을 갖게 되었을 때. 나는 그때 느꼈던 그 바다와도 같은 자유를, 그 자유로운 기분을 잊을 수가 없다. 거기까지 오는 동안 너무 오랜 시간이 걸렸기 때문에.

　편안함은 어디에서 올까.
　인생의 궁극의 편안함은.

　나는 그게 솔직할 수 있는 자유로부터 온다고 생각한다.

　남의 시선으로부터의 자유로부터.
　나 자신에게 솔직할 수 있는 용기로부터.

12월   2부 나를 사랑하는 법

크리스마스

해를 넘겨 온 세계가 코로나라는 미궁 속으로 빠지기 전, 아직은 평화로운 일상을 누리던 2019년의 크리스마스에 나는 서울 광화문 플라자호텔에 있었다. 지금 생각해보면 살아오면서 평생을 당연하게 누려온 모든 것들이 그날 그 순간 그 공간에 있었다. 멋진 코트와 재킷으로 성장을 한 사람들이 로비에서 각자의 자태를 뽐내며 모여 있지 않았더라면 크리스마스 분위기를 제대로 느끼기는 어려웠을 것이다. 때때로 나를 힘들게 하는 타인들은 그렇게 서로의 삶에 알게 모르게 기여해왔다. 그들과 다시 아무렇지 않게, 단지 사람이라는 이유로 두려움과 경계를 느끼지 않으며 어울려 지낼 수 있는 날이 다시 올 수 있을까?

호텔의 여러 장점 중의 하나는 매년 크리스마스마다 가장 아름답고 다양한 종류의 트리를 볼 수 있는 곳이라는 점이다. 그날도 나는 여느 해처럼 호텔마다 다른 크리스마스트리를 보기 위해 카메라를 들고 이 호텔에서 저 호텔로 정신없이 이동하던 중, 어떤 호텔의 로비에서 우연히 한 사람을 보게 된다. 그는 드라마 〈스카이 캐슬〉에서 부모 역으로 출연했던 배우였다.

스카이 캐슬

　　돌이켜보면 이 모든 이야기의 시작은 바로 그 드라마였는지도 모른다. 나는 현실의 세속적인 이야기를 좋아하기에, 아이들을 좋은 대학에 보내기 위해 어른들이 갖은 난리를 치는 그 부조리한 드라마에 몰입했고 연일 블로그에 리뷰를 올리며 빠져들었었다. 그러면서 드라마가 회를 거듭할수록 내 몸과 마음의 긴장도 함께 고조되더니 생전 처음 겪어보는 이상한 증상들이 나타나기 시작했다. 그때, 마치 내 머릿속이 나를 괴롭히기 위해 일부러 걱정할 만한 거리를 찾아다니는 것만 같은 그 미칠 것만 같은 기분을 어떻게 설명해야 할까. 아무리 다른 생각을 하려 해도, 아무리 그건 걱정할 일이 아니라고 나를 타일러도 소용이 없는, 그 환장할 것 같은 기분을.

그때부터가 시작이었던 것 같다. 내가 하던 모든 것을 중단하고 (할 수도 없었지만) 이 일 년이라는 시간을 나를 위해 쓰면서 도대체 무엇 때문에 나의 상태가 이렇게 되어버렸는지 파악하려 했던 것은.

나의 문제는 대체 무엇이었을까. 왜 나는 어느 날 이유도 모른 채 불에 달궈진 칼로 생살을 긋는 듯한 생전 겪어보지 못한 통증을 느껴야만 했던 걸까. 왜 병원에서는 그 모든 이상한 일들에 대한 해답을 주지 못했던 걸까.

진단

물론 의사도 잡아내지 못한 걸 내가 정확히 집어낼 수는 없을지도 모른다. 그러나 나는 의사와는 비교도 안 되는 많은 시간 동안 나를 관찰할 수 있고 나와 대화도 할 수 있다. 나는 살아 있는 한 영원히 나와 함께할 수밖엔 없는 사이니까. 그렇다면 내가 의사는 아니라 해도 누가 누구와 거의 숨쉬는 모든 시간을 같이 있는데, 그 사람의 문제가 뭔지 알아내지 못한다면 그게 더 이상한 일 아닐까? 아무튼 그런 결과 이것만은 확실했다. 나는 나를 돌보지 않았다는 것.

그런다고 살긴 살았는데 그건 결코 나를 위하는 것도 사랑하는 것도 아니었다는 것.

가령 이런 것이다. 2018년에 갑자기 걷지를 못하게 되는 사단이 나기 전부터 나는 이미 언제부턴가 발바닥에 통증을 느끼던 상태였다. 글을 쓰다가 동네 한 바퀴를 돌면 그 한 바퀴가 꼭 4,300보였는데 다 돌 때쯤이면 어김없이 발바닥에 찌릿한 통증이 왔던 것이다. 여기서도 수없이 되풀이되어온 나의 고질적인 문제들이 고스란히 반복된다. 나는 발이 아픈데도 병원을 찾지 않고 그 상황을 이기겠답시고 더 많은 양을 걷곤 했다. 어디가 아프면 치료를 해줘야 하는데 계속 그런 식으로 미루면서 방치를 해버린 것이다. 모든 것을 내 의지로 극복하려는 미련함, 무슨 일이든 일단 미루고 보는 습관이 또 한번 내게 해를 끼친 것이다.

음악만 해도 그렇다. 내가 좋아서 시작한 일이고 열심히 했고 운이 좋아서 그걸 좋아해주는 이들이 있었지만, 그래서 그 모든 걸 무의미하다 말할 수는 없었지만, 어찌됐든 그 일에 한계와 염증을 느껴 그만두고 싶어한 지가 무려 십수 년이다. 생각해보라. 사람이 어떤 일을 그렇게 오랫동안 힘들어하고 하기 싫어하는데 자신을 거기서 벗어나게 하기는커녕 그렇게 방치해두는 것이, 그것도 그 젊고 중요한 시기에, 그렇게 자기 안의 목소리를 외면하는 것이 과연 자신을 사랑하는 사람이 할 수 있는 일일까?

나는 내 인생을 명백히 유기한 것이다.

스스로를 돌보지 않는 사람은 어른이 아니라고 했다.

어른이 되고 싶다는 건 결국 더 나은 사람이 되고 싶다는 얘기이고

더 나은 사람이 되고 싶다는 건

이 삶을 잘 살아보고 싶다는 얘기가 아닐까.

나는 잘 살아보고 싶었다. 한 번뿐인 이 삶을.

진짜로 잘.

나를 사랑하는 법

1.

어느 가을 저녁. 거리에서 어떤 젊은이가 통기타를 치며 노래를 하고 있었다. 나는 그곳을 지나가던 길이었으므로 마침 노래를 마친 그의 멘트를 들을 수밖엔 없었는데, 그가 웃으며 던진 말에 그만 기함을 하고 말았다. 그때, 단 두 명의 관객을 앞에 두고 있던 그는 어색하게 웃으며 자기는 이렇게 사람이 없는 무대가 좋다고 말을 하는 것이었다.

으아악.

그 말을 듣고 난 도저히 참을 수가 없어 속으로 비명을 질렀다.

관객이 없는 게 좋다는 사람이 그 무거운 앰프와 기타를 혼자서 이고 지고 거기까지 와서 그 지나다니는 사람들 많은 데서 노래를 하고 있다?

세상에 관객이 없길 바라는 가수는 없다. 있다면 집에서 혼자 노래하면 된다. 적어도 내가 경험하고 이해한 세상은 그렇다. 살벌한 경쟁을 거듭해야 하는 오디션 프로가 그렇게 많이 생겨도 여전히 전국, 세계 각지에서 끝없이 사람들이 몰려드는 건 그들이 유난해서가 아니다. 적어도 그게 남들 앞에 서고자 하는 이들의 인간 보편의 욕구여서 그런 거지.

순전히 나의 추측으로 풀어본 그의 사정은 이렇다. 그는 오디션 프로가 아닌 이 작은 골목길을 택했지만 그 역시 가슴 속에선 많은 사람들이 자기 노랠 들어주길 꿈꾸며 그곳에 섰을 것이다. 그러나 짐작건대 그는 바람과는 달리 관객이 없는 상황에 자주 처했을 것이고 아무도 보아주지 않는 무대에서 노래하길 거듭하면서 그렇게라도 스스로를 위로하지 않으면 상처가 더 커졌으리라. 나는 그가 왜 그런 말을 하고 그런 생각을 하게 되었는지 알 것만 같아서 더 화가 났던 건지도 모른다. 그렇게라도 자기를 지키려는 마음이 너무 이해가 돼서. 그렇게라도 자신을 보호하기 위해 남도 속이고 심지어 자기 자신까지 속이려는 그 마음이 뭔지 알 것만 같아서.

2.

나 역시 젊어 남들처럼 인정에 관한 욕망으로 들끓는 때가 있었으나 지금은 내게 그런 순간이 있었는지조차 모른 채 산다. 나도 한 번쯤은 세상을 어떻게 해보고 싶었지만 세상은 꿈쩍도 하지 않았고 결국 내가 세상에 맞춰야만 했으니까. 그 과정에서 스스로 끊임없이 목표치를 낮추고 성공 같은 건 중요한 게 아니라고 나를 설득하면서 어떻게든 실망하거나 상처받지 않으려고 무던히도 애를 썼다.

왜냐면 나는 성공하는 것보다 아프지 않는 게 더 중요한 사람이었으니까. 그렇게 나를 어르고 달래면서 때론 속이고 세뇌하면서 애쓴 대가로 통증 없는 삶을 누리게 되었지만 마음속 깊은 곳에 꼭꼭 눌러두었던 나조차도 잊고 있던 무언가를 생각도 못한 곳에서, 어떤 사람의 말이 건드리는 바람에 그리 격한 반응이 나왔는지도 모르겠다. 왜 사람은 남의 모습에서 자신을 볼 때 가장 크게 반응을 한다지 않는가.

보자. 누군가 사람들 지나가는 데다 대고 자신의 솔직한 포부를 밝히는 건 추한 일일까? 그 포부가 나 꼭 성공해서 앨범 백만 장 팔 거고, 관객 한 만 명 앞에 두고 기똥차게 콘서트도 할 거고, 미국에 가서 빌보드 차트에도 들어갈 거라는 식의 내용이라면?

고갱은 평생 대놓고 한탄했다. 자신의 죽여주는 그림이 왜 파리의 미술계에서 인정받지 못하는 건지 도저히 이해를 할 수 없었기 때문에. 주목할 건 고갱의 그런 유아기적인 인정 욕구 자체가 아니다. 최소한 그는 자기 자신을 포함해서 누구도 속이지 않고 자신을 드러냈다는 것이다.

못났으면 못난 대로, 잘났으면 잘난 대로. 남이 어찌 생각하든 말든. (물론 그 때문에 괴로운 사람들은 있었지만.)

요는 누가 누구에 대해서 이렇다 저렇다라고 소위 말해 판단이라는 걸 할 때, 그러니까 누가 누구의 행동을 보고 추하다 혹은 웃긴다라고 어떤 평가를 내릴 때, 그 판단의 주체가 누구냐 하는 것이다.

'아이고. 꼴랑 두 명 앞에 놓고 저러고 있는 놈이 무슨 빌보드를 간다고. 웃긴다. 하하하' 하는 것이 그 자신인지 아니면 그게 남의 시선일 뿐인지 말이다.

그게 왜 중요할까.

정말 추한 건 자기애가 넘치는 것도 망상에 가까운 목표를 갖는 것도 아니다.

남이 어찌 볼지 몰라 자신이 하고 싶은 대로 해보지도 못하고 사는 것.

그것이야말로 정말 추하다못해 한심한 것이기 때문이다.

그게 적어도 남의 시선 때문에 자기 자신마저 속이며 살아본 사람이라면…… 적어도, 어떤 일을 할 때 항상 내가 어떻게 생각하느냐보다 남이 그런 나를 어떻게 볼까를 더, 그리고 항상 먼저 생각해온 사람이라면 더욱 그럴 거다.

그건 나를 지킬 수 있는 길이었는지는 몰라도 나를 사랑하는 길은 아니었다.

중요한 건 그거였다. 나를 사랑하는 일.

나는 그걸 너무 모르고 살았다.

불fire

나도 남들처럼 세상을 향한 근거 없는 욕망과 치기어린 포부가 있었다고 했다. 그러나 나는 일찍이 거대한 예술가를 꿈꾸기보다 작은 인간으로서 손가락질 받지 않고 사는 쪽을 택했다. 나는 그렇게 사는 게 더 중요한 사람이니까. 그걸 원하는 대로 살았다고 해야 할지는 모르겠지만. 아무튼 나는 그래서 그 흔한 소확행을 실천하며 안빈낙도의 삶을 살고 있었는데 어느 날. 대학에 다니는 친구의 자식이 무슨 일이 있었는지 뭔가 결의에 찬 표정으로 내게 그러는 거다.

삼촌. 내 가슴속에는 불이 있어.

그러면서 아이는 주먹을 꼭 쥐어 보였고, 나는 누구보다 열정적으로 세상을 사는 그애한테 무슨 일이 있었는지, 그애가 무슨 말을 하는 건지 알 것만 같아 그애를 힘껏 격려하고 난 뒤 돌아서서 아무도 모르게 속삭였다.

나도 있어. 아직. 선아.

이제 와 아까와 같은 질문을 다시 한번 던져본다.

사람이 나이 오십에 아직도 꺼지지 않은 불을 갖고 있으면, 가슴속에 그런 걸 간직하고 있으면 그건 추한 일일까? 남 보기에 주책맞은 일일까?

답은 앞서 말했다.

중요한 것은 무슨 일이든,

내 행위에 대한 판단의 주체는 내가 되어야 한다는 것.

다른 사람의 규정 따위는 필요 없다는 것.

낯선 변화의 흐름을 감지하다

그런데 뭔가 이상하다. 여태까지 나는 인생은 공격보다는 수비이고 특히나 이제 내 나이 정도에 와서는 자신을 지키는 일이 무엇보다 중요하다 여기며 살아왔었는데. 나이는 그저 숫자가 아니라 분명한 한계라고도 인식해왔었는데. 맞다. 나도 내가 이럴 줄은 몰랐다. 평생 해보지 않은 이런 생각을 하고 이런 고백을 하게 될 줄은. 이렇게 앞과 뒤가 다른 말을 하게 될 줄은.

그러고 보니 이 책에 담긴 나의 일 년 역시 그러했다. 돌이켜보니, 책 초반부에는 마치 피부가 벗겨져 맨살이 드러난 사람처럼, 먼지 하나만 닿아도 아픈 듯 쩔쩔매는 내가 있었고 나의 관심사도 온통 그런 나에게 머물러 있었다. 그러다 시간이 흘러 봄이 여름이 되고 가을이 되면서는 내가 언급하고 관심 있어 하는 것들의 주제가 점점 바뀌고 있었다. 나에게서 우리로, 또 세상으로.

뭐지, 이 변화는?

어쩌면 이건 내가 그 친하지도 않던 편집숍의 매니저에게, 생전 그래 본 적 없으면서 나도 모르게 말을 걸던 그 순간부터 시작된 일인지도 모르겠다. 가을엔 지 말만 하고 매사에 가르치듯 말한다던 어릴 적 그 친구한테서 전화가 왔다. 나의 많은 일들이 그렇듯 이 친구는 내가 자기 때문에 그런 속앓이를 했는지, 내가 자길 대하는 일이 힘들어 그만 만날까 고민했었는지는 꿈에도 모른 채 평소 하던 대로 지 말만 냅다 해댔다. 그런데 그날따라 나는 평소와 달리 그걸 받아줄 마음이 없었고 그래서 어느 순간 녀석의 말을 끊고 나도 내 말을 했다. 이런 적은 정말이지 처음이었다. 진작 이럴 수 있었다면 그 모든 고민을 할 필요는 없었을 테니까. 그날, 떠들기 좋아하는 사람 앞에서는 병풍이 되자던, 스스로 정한 내 본분을 망각한 대가로 나는 어떻게 됐을까. 녀석은 나의 그런 행동을 조금도 의식하지 않았고 불쾌해하지도 않았다. 우린 다른 여느 친구들이 그렇듯 때로 서로의 말을 끊어가며, 그렇게 평범하게 이야기를 나눴다. 자기 얘기도 하고 들어주기도 하면서. 녀석과 한 교실에서 공부한 지는 근 사십 년, 어른이 되어 다시 만난 지는 이십 년 만의 일이었다. 긴 통화를 마치고 서로의 건강을 빌어준 뒤, 전화를 끊고 나서 나는 뭔가 굉장히 긴 터널을 빠져나온 느낌이었다.

그냥 이렇게 해버리면 되는 거였구나. 그걸 못해서, 그 선을 넘기가 그렇게 힘겨워 이렇게나 오래 망설이고 고민을 했구나. 이렇게나 우스울 정도로 아무렇지 않은 일이었던 것을.

그날 친구와 전화를 끊고, 나는 내게 벌어진 내 삶의 이 지진과도 같은 변화에 대해 생각했다. 뭔가 다른 사람이 된 게 분명했기 때문에.

여름의 일

늦여름쯤이었을 게다. 책에 매달리느라 평소 일상의 관심사에 대해서는 거의 글을 못 써 갈증에 시달리던 어느 날. 뭔가 쓰지 않고는 견딜 수 없는 어떤 일이 세상에 터졌고, 꼬박 이틀을 바쳐 모처럼 글 하나를 써 인터넷에 올렸는데, 그게 이리저리 셈을 해보니 조회수가 사십만이 나왔다. 내 지난번 책을 읽어준 사람들보다 몇 배나 많은 수였다. 나는 그때 꼭 하고 싶었던 내 솔직한 말들을 진심으로 썼고 거기에 욕을 하며 반대하는 사람들도 있었지만 또 너무나 많은 사람들이 공감과 지지의 메시지를 보내왔다.

그것은 참으로 오랜만에 느껴보는 기분이었다.

뭐랄까. 세상이 나를 받아들여주는 듯한 그 특유의 느낌. 묘한 안도감 같은 거.

그 일은 그런 긍정적인 경험 하나가 살아가는 데 얼마나 큰 영향을 미치는지 알 수 있게 해준 사건이었고, 그 일로 나는 다시금 세상에 나갈 용기를 얻었다. 남들이 들으면 책을 몇 권이나 낸 사람이 무슨 그런 일로 용기씩이나 얻느냐 할지 몰라도, 작은 일이든 큰일이든 사람이 보람 있고 뿌듯한 심정이 된다는 게, 그럴 만한 좋은 일을 겪는다는 게 얼마나 드물고 또 대단한 일인지 새삼 알았던 거다. 비록 그게 남들 보기엔 유치하거나 대수롭지 않은 일이라 해도 말이다.

물론 그런 일이 언제나 있을 리 없고 언젠간 또 받아들여지지 않는 경험을 하면 움츠러들기도 하겠지만 뭐 삶이 다 그런 것 아니겠는가. 그럴 땐 또 그것을 얼른 털어버리는 지혜를 발휘해야 하고 좋은 일이 생기면 가능한 그 여운을 오래 잡아둘 수 있는 노하우도 필요하겠지.

나는 그때 그 여름의 일로 내게 좋은 경험을 많이 겪게 하고, 좋은 순간들을 많이 만들어주는 것이 얼마나 중요한지를 알았다.

사소한 것이라도 나로 하여금 주눅드는 상황을 자꾸 경험하게 하지 않기. 대신 작고 별것 아닌 것이라도 좋으니 이기는 경험, 인정받는 경험, 타인의 공감과 이해를 이끌어내는 경험 같은 것들을 자꾸만 하게 해주기. 그뿐 아니다. 좋은 곳에 날 데려가서 아름다운 것을 보여주고 훌륭한 예술작품들을 감상케 하고 책과 신문을 펼쳐 세상과 타인에 대해 진지하고 따뜻한 시선을 갖게 하면 그 모든 순간들은 나와 내 영혼을 살찌우고 그런 경험들이 축적되면서 부정적인 기억과 상처들은 점점 쪼그라든다. 바로 이게 나의 내면을 살찌우고 내 자존감을 높이는 길이라는 걸, 그게 바로 상처의 보호막이었다는 걸 그동안엔 왜 몰랐을까.

이제 와 생각해보니 그게 다 나를 사랑해주는 방법이었다.
내가 그토록 알고 싶어했던.

우리는 누구나 날 때부터 2인조다.
내가 나를 사랑하는 것이
내 안의 또다른 나와 잘 지내는 일이
나는 왜 그리 어려웠을까.

경과

이제 이야기를 마쳐야 할 때가 온 것 같다. 이 책의 마무리를 두고 고민을 좀 했다. 글 쓰고 책 내는 자로서 지난 십 년간 지녀온 관성에 따르면 책의 내용은 아마 이래야 할 것이다. 일상 속 스트레스에 지쳐 쓰러진 마흔아홉의 남자. 어느 날 이십오 년 만에 그 옛날 다녔던 정신과엘 다시 가게 되면서 무엇 때문에 이리되었는지 지나온 평생을 돌아보게 된다. 마침내 스스로의 힘과 노력으로 그 모든 것들을 이겨내고 다른 사람으로 거듭난 그. 이 책을 돈 만 오천 원을 주고 사 본 독자들에게 당신도 할 수 있으니 같이 이겨내고 헤쳐가자고, 인생은 좋은 거라며 손을 건넨다. 감동한 독자들은 그 손을 잡는다. 기꺼이.

이럴 수 있었다면 좋았을 것이다. 어쩌면 나도 모르게 이미 그런 내용이 되어버렸는지도 모르겠다. 그러나 이 모든 일이 마무리된 지금, 나는 비로소 그저 예전의 평범한 일상으로 돌아왔을 뿐, 무슨 개벽을 하듯 다른 사람으로 환골탈태하지는 않았다. 드라마나 소설에서나 가능한 드라마틱한 변화가 있었던 건 아니라는 얘기다. 그렇지만 더이상 그런 틀에 박힌 이야기를 할 수는 없었기에 나는 11월 어느 날 그동안 써온 원고를 굳이 버렸던 것이고, 그에 따라 이러한 결말이 지금까지 책을 읽어온 독자들의 기대와는 다소 어긋날지 모르겠지만, 아무튼 내 나름의 변화를 있는 그대로 이야기하려 한다. 이제부터의 이야기는 그러니까, 일종의 경과보고가 되겠다. 그래서 나는 얼마큼 나아졌는지.

먼저, 어느 날 내 삶에 켜진 빨간불로 받아들였던 정신과에 다시 가는 일은 일단은 중단하게 되었다. 상태가 좋아져서가 아니라 약이 안 맞아서 그런 거였지만, 다행히 다시 증세가 심해지지는 않았다. 다만 증상이 사라지지도 않아서 이후 가슴 두근거림은 내게 지병처럼 남았다.

가장 극적인 변화를 보인 건 보행 능력인 것 같다. 연초만 해도 몸의 코어가 완전히 무너진 나는 단 몇 분을 서 있기 힘들어했다. 그러던 것이 예의 그 광적인 옷 쇼핑을 하면서, (대개는 아이쇼

핑이었던지라) 시간 가는 줄 모르고 돌아다니다 어느 날 정신을 차려보니 다리의 상태가 좋아져 있었다. 혹시 하루에 바지만 한 오십 번 갈아입어본 적 있는가? 몸에 딱 붙는 스키니진을 입고 벗느라 뒤뚱거리며 한 발로만 번갈아 서 있어 본 적이. 생각보다 꽤 운동이 된다.

또 나아진 건 스트레스와 생활 속 문제들, 그리고 각종 걱정거리들에 대한 나의 대처 능력이었다. 나는 그때 마음속에 먼지 하나만 스며들어가도 거의 뒤로 넘어가 쓰러질 정도로 멘탈이 취약했었다. 그런데 이제는 같은 문제에 대해 보이는 나의 반응이 그때와는 사뭇 다르다. 이제는 내 머릿속이 나를 고문하듯 걱정과 불안 거리를 찾아다니지도 않는다. 때때로 그 비슷한 증상이 있을 때도 있지만 강도나 지속 기간이 많이 줄었다. 모두 마음의 체력과 면역력을 키운 덕분이 아닐까.

운동과 건강 문제, 또 식생활 문제는 가장 불만족스럽다. 연초에 몸의 이상을 확신하며 받았던 검진 결과가 비교적 좋았기 때문에, 그게 오히려 독이 되어서 운동을 잘 안 하게 되었다. 방심하게 된 것이다. 나는 원고를 쓰면 스트레스 때문에 아무것도 하기가 싫어진다. 그래서 운동을 잘 하지 않고 그저 먹는 걸로 모든 걸 풀기 때문에 건강에 대한 두려움이 늘 있다. 특히나 먹는 걸 너무 좋아하는 반면 억제력은 빵점이라서 앞으로도 이 부분이 극복이 되지 않을 것만 같아 걱정이 많다.

　취미나 소일거리를 찾는 일은 아직도 성공하지 못했다. 솔직히 말하면 그래서 나는 지금도 일을 하지 않는 시간이면 뭘 하며 시간을 보내야 할지 몰라 다시 원고를 붙든다. 일과 휴식의 구분 없이 원고를 쓰는 일에 생활 전체가 잠식되어버리는 패턴을 여전히 되풀이하고 있는 것이다. 이게 해결이 되어야 다시 상태가 악화되는 일을 막을 수 있을 것인데. 여전히 쉬는 동안 할일이 없는 나는 더이상 나를 위해 옷을 사지 않기로 했으면서 원고가 마무리된 어느 날엔 해방감에 못 참고 달려가서 또 옷 한 벌을 사고 말았다. 이래서 지구의 병은 끝내 회복될 수 없는 것인지도 모른다. 나 같은 인간들 때문에.

요즘도 나는 때로는 무기력하다 아무것도 아닌 일로 기분이 활짝 펴지기도 하고 그런다. 또한 요즘도 나는 내가 주문한 물건이 언제 오는지 전화로 확인하는 일이 두렵고 누군가의 연락을 기다리는 일이 힘들다. 아마 죽을 때까지 그럴 것이다.

그럼 뭐가 달라졌느냐.

나는 슈퍼맨이 되지도, 아예 딴사람이 되지도 않았지만, 나는 고작 원래의 나로 돌아왔을 뿐이지만, 바로 그 원래의 내가 누리던 일상을 되찾고 유지한다는 게 얼마나 귀하고 어려운 일인지는 지금의 코로나 시대를 사는 이들이라면 모두가 공감할 부분이라 생각한다.

나는 히어로가 되지는 못했지만 다시 나와 지지고 볶을 수 있게 되었고 그것만으로도 내가 들인 돈과 노력과 시간에 대한 보상으로 충분했다.

작가의 말

하나,

일 년에 세상에 나오는 수많은 책들 중에서 아주 적은 수의 것들만이 독자들의 선택을 받는다. 속된 말로 책이 한 번 '터지면' 그걸 이쪽 용어로 '책 뽕'을 맞았다 그러는데 그걸 한 번 맞은 사람은 평생 자기가 다시 한번 책으로 뭔가 터뜨릴 수 있을 거란 환상을 가지고 계속해서 책을 내게 된다고 한다. 그러나 뜻대로 되지는 않는데, 그만큼 책이란 게 잘되기가 어렵고 한 번 되면 두 번 되기는 더 더 어렵다는 뜻일 테다.

뭐든 안 그럴까마는.

얼마 전엔 서점엘 갔는데 매대에 깔려 있는 책들을 보니 뭔가 세대교체가 확 되어버린 느낌이었다. 무슨 기적인지는 모르겠으나 서점에 가면 거의 항상 내 책이 있었기 때문에 낯선 이름들이 그 자리를 차지하고 있는 모습은 그야말로 낯설고 또 조금은 생경했다. 진작 이렇게 되었어야 했다는 생각도 들고…… 어쨌든 또 이렇게 공들여 책 한 권을 만들었으니 이제 팔아야 하는 입장인데 잘 모르겠다.

내가 작가로서 더이상 신선한 이름이 아니란 건 알겠는데 그렇다고 뭘 할 수 있을지. 없는 신선함을 쥐어짤 수도 없는 노릇이고 유행을 따라가는 건 내 스타일이 아니니.

이렇게 뭘 해야 할지 잘 모르겠을 때 나는 그저 내가 할 수 있는 것을 한다.

언제나 그게 최선이라고 믿기에.

예전에 누가 어떤 작가를 좋아한다길래 그분이 왜 좋으냐 물었더니 성실해서 좋다는 거다. 나는 그때도 지금도 어떻게 작가를 단지 성실하다는 이유로 좋아할 수 있는지 잘 이해를 하지 못한다. 작가는 글로 그 이상의 번뜩임을 보여주어야지 단지 성실하다는 게 작가로서 어떤 메리트가 될 수 있는 것인지.

그런데 긴 세월이 흘러 다섯번째 책의 출간을 앞두고 있는 지금, 내가 작가로서 가질 수 있는 미덕이 오직 성실함밖에 남지 않은 느낌이 드니 이 기분을 뭐라고 설명해야 할지 모르겠다.

나는 정말 쉬지 않고 글을 쓰고 또 고친다. 아마 내가 가지고 태어난 얼마 안 되는 재능이란 게 모조리 소진이 되어도 어머니가 물려주신 이 성실함만은 죽을 때까지 가져가지 않을까.

하여, 정말 이것만으로 내가 독자들에게 어떤 신뢰를 줄 수 있을지는 모르겠지만 더이상 뭘 해야 할지 잘 모르겠을 때 나는 그저 내가 할 수 있는 일들을 한다.

그러다보면 또 그다음 일을 할 수 있는 힘이 생기기 마련이니까.

언제나 그게 최선이라고 생각한다.

할 수 있는 것들을 하는 것.

둘,

나는 평소 혼잣말을 잘 한다. 그러나 내가 하는 혼잣말이란 건 결국 듣는 사람이 있기 때문에 사실은 혼잣말이 아니다. 나의 비밀스러운 말들을 평생 듣고 사는 그는 누구일까.

우리는 모두 내 안에 또다른 나를 하나씩 갖고 있다. 그게 여럿인 사람도 있다지만 어쨌든 하나씩은 더 있다. 그래서 우리는 누구나 날 때부터 2인조다. 그리하여 내 안의 또다른 나와 평생을 싸우고 대화하고 화해하기도 하면서 그렇게 지지고 볶으면서 살아간다.

그렇기에 우리는 그 누구도 혼자일 수 없으며 그 사실을 잊어서도 안 된다.

때때로 나는 그가 정말로 내 편인지 아니면 영원히 내 안의 적으로 나를 망치려는 존재인지를 잘 모르겠다. 야식을 먹으면 안 되는데, 이걸 먹으면 역류성 식도염이 도지고 각종 성인병이 걸릴 수도 있다는데, 그는 아랑곳없이 너무나 강렬히 그걸 원하고 또 요구한다. 자기가 원하는 걸 들어주지 않으면 잠을 재우지 않겠다고 협박도 한다. 그럼 실제로 잠이 안 온다. 또 싸운다. 민다. 그러나 내 안에서 결코 사그라들지 않는 욕망을 품고 있음으로써 나를 괴롭힐지언정 살아 숨쉬는 인간답게 만들어주는 것도 그다. 나는 나와 수없이 타협할 때 그는 결코 그러지 않았으니까.

그래서 나는 그를 미워할 수가 없다.

이제, 진짜 마지막으로 한마디만 더 하고 마치겠다. 그래서 난 나의 오십 세 탄생일을 떠들썩하게 자축했을까? 아무도 축하해주지 않을 나라는 사람의 탄생 오십 주년을 기념해 무언가를 했을까? 그랬다면 그건 웃기는 일일까? 아닐까? 남 보기 좀 그런 일일까? 아닐까?

나는 그날 아무것도 하지 않았지만, 그건 누가 뭐라 할까봐서가 아니라 그저 내가 그러길 바라서였다. 만약 내가 하고 싶었다면 난 있는 사람 없는 사람 다 불러모아 잔치라도 열었을 것이다.

사람이 짧지 않은 인생을 살면서 인생의 중요하고 또 기본적인 것들을 이렇게나 늦게 알아간다는 것이 아찔하기도 하지만 이렇게라도 알게 되어 다행이기도 하다.

나는 나의 지나온 세월을 토대로 또 다가올 미래를 도모할 것이다.

　당신이 쌓아온 세월 역시 당신의 앞날을 든든히 지켜줄 버팀목
이 되기를.

　희망이 우리를 바이러스로부터 속히 구원할 수 있기를 바라며.

2020년 가을

이석원

행복은 어디에서 올까.
편안함은 어디에서 오며
나를 사랑하는 법은 무엇일까.

지금 그 모든 것에 대한 나의 답은 하나다.

솔직함에서 온다.
솔직할 수 있는 자유로부터.

남의 시선으로부터의 자유로부터.
나 자신에게 솔직할 수 있는 용기로부터.

감사합니다.
장지희, 이희숙, 최정윤.

2인조 우리는 누구나 날 때부터 2인조다

| 1판 1쇄 | 2020년 12월 2일 |
| 1판 8쇄 | 2021년   1월 8일 |

| 지은이 | 이석원 |

책임편집	이희숙
편집	박선주 이희연
그림	서유리
디자인	최정윤
제작	강신은 김동욱 임현식
마케팅	백윤진 이지민
홍보	김희숙 김상만 함유지 김현지 이소정 이미희

펴낸이	이병률
펴낸곳	달 출판사
출판등록	2009년 5월 26일 제406－2009－000034호

주소	10881 경기도 파주시 회동길 455－3
✉	dal@munhak.com
🐦❲f❳Ⓞ	dalpublishers

전화번호	031－8071－8682(편집)
	031－8071－8671(마케팅)
팩스	031－8071－8672

| ISBN | 979-11-5816-125-5 03810 |